Wilhelm Busch
Der Kuchenteig

Mit einem Essay
herausgegeben von
Andreas Platthaus

Insel Verlag

Insel-Bücherei Nr. 1325

Der Kuchenteig

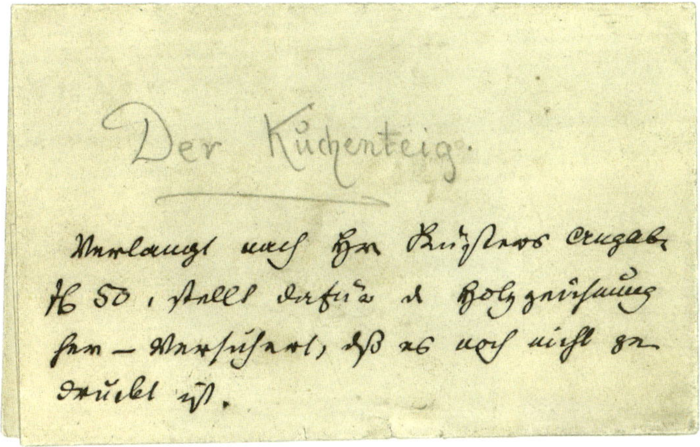

Der Kuchenteig.

1.

2

3

4

5.

6

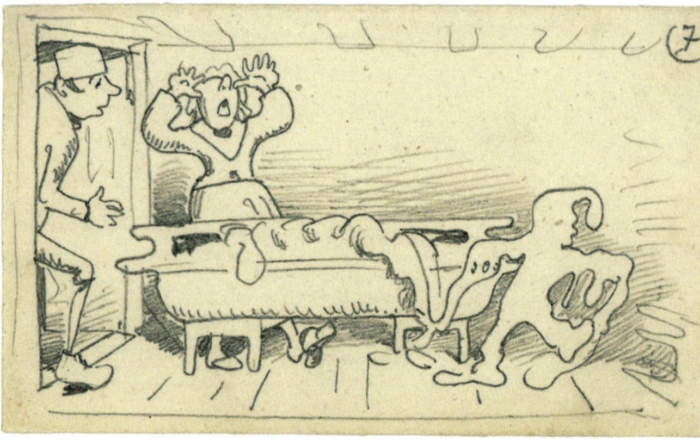

9

10.
W. 53.

Das Lehrstück

Wilhelm Buschs Bildergeschichte *Der Kuchenteig*

Es war en winziger Umschlag mit dem Titelschriftzug *Der Kuchenteig*, der Johannes Hartmann an einem Februartag des Jahres 2008 in die Augen stach, als er gerade einen Akt mit Korrespondenzen und Korrekturabzügen sichtete. Dieser profane Titel paßte nicht zum Empfänger der sonstigen Schreiben, einem in der zweiten Hälfte des neunzehnten Jahrhunderts amtierenden Bischof von Regensburg. Hartmann, Leiter des Stadtarchivs von Sulzbach-Rosenberg, war gerade dabei, mehrere Stapel solcher Akten durchzusehen, die in einem Hinterzimmer des Bürotrakts des ehemaligen Verlagshauses J. E. von Seidel zur Erfassung bereitlagen. Seit anderthalb Jahren schon bemühte sich sein Archiv zusammen mit zahlreichen freiwilligen Helfern aus Sulzbach, die Hinterlassenschaft von Ingomar Wotschak zu erschließen, dem im August 2006 verstorbenen letzten Eigentümer der Verlagsbuchhandlung, die Seidels große Tradition fortgesetzt hatte. Die riesigen Holzschränke, in denen sich voluminöse Kopierbände mit sorgfältigen Abschriften der ausgehenden Briefe, Autoren- und Kontobücher sowie etliche vollgestopfte Dokumentenmappen und

-schachteln drängten, waren mittlerweile ausgeräumt und ihr Inhalt zur Erfassung auf dem Tisch im kleinen Hinterzimmer gestapelt. Mehr als bloße Durchsicht aber war noch nicht zu schaffen.

Dabei fand Hartmann den kleinen Brief. Es handelte sich um einen nach altem Usus aus einem größeren Papierbogen gefalteten Umschlag im Format 63 auf 98 Millimeter, auf dessen Vorderseite in schwungvoller Schrift mit Bleistift ebenjener Titel *Der Kuchenteig* geschrieben stand – in klaren Buchstaben, mit weit herabgezogenen Unterlängen und ausladenden Versalien jeweils zu Beginn der beiden Wörter. Dazu ein nahezu geschlossener Kringel über dem »u«, und das Ganze auch noch mit so viel Elan unterstrichen, daß der Schreiber am Ende dieser Linie den Bleistift geradezu zurückgerissen haben muß, so zackig-knapp ist der Strich dort umgebogen. Es muß sich also um einen Rechtshänder gehandelt haben.

Auf solche Details wird Johannes Hartmann nicht geachtet haben, als er das Brieflein zwischen viel größeren Schriftstücken fand. Als er es herausnahm, bemerkte er eine zweite, vom Titelschriftzug deutlich unterscheidbare Handschrift auf dem Umschlag: Unter der Bleistiftnotiz stehen vier weitere, weitaus schwerer lesbare Zeilen in schwarzer Tinte. Um festzustellen, daß hier ein anderer Schreiber tätig geworden war, brauchte man nicht einmal den Text zu entziffern, aber dessen Inhalt bestätigt,

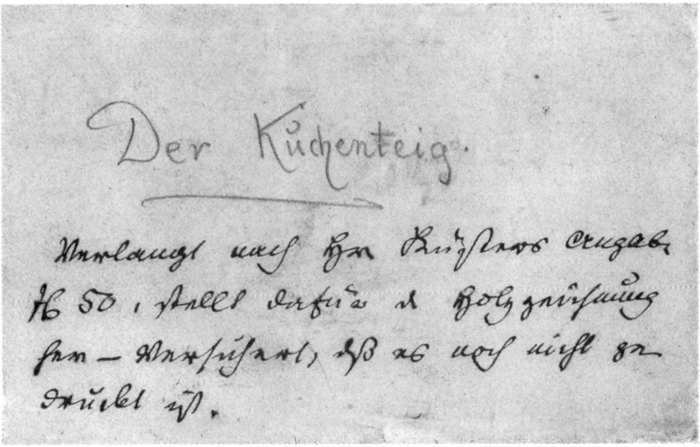
Der Küchenteig.

daß es sich bei der Tintennotiz um einen späteren Zusatz handelt. Er lautet: »Verlangt nach Hr Küsters Angabe fl 50, stellt dafür d Holzzeichnung her – versichert, daß es noch nicht gedruckt ist.« Was im Klartext heißt, daß ein Herr Küster dem Schreiber mitgeteilt haben muß, daß jemand fünfzig Gulden für eine Arbeit verlangt hat, zu der die Anfertigung von Zeichnungen auf Holzstöcken zählte, die als Xylographie-Vorlagen (also zur Anfertigung von Holzstichen) für etwas gedacht waren, das zuvor noch nicht anderswo publiziert worden war. Aber um was ging es dabei?

Der unversiegelte Umschlag gab es schnell preis. Hartmann faltete ihn auseinander und fand darin zehn schmale, jeweils oben rechts durchnumerierte Zeichnungen, deren letzte unten rechts eine Signatur trägt, die sich unschwer als »W. B.« erkennen läßt. Zusammen erzählt das Konvolut eine kurze Geschichte in Einzelbildern über das Mißgeschick eines naschsüchtigen Knaben. Die Höhe der jeweils bis an den Rand vollgezeichneten einzelnen Blätter schwankt zwischen 46 und 53 Millimetern, ihre Breite beträgt zwischen 84 und 96 Millimetern; sie konnten also sämtlich ungefaltet in dem Umschlag aufbewahrt werden. Die jeweils in Bleistift skizzierten Zeichnungen enthalten keine Texte, und auch die Rückseiten der Blättchen sind unbeschrieben. Da jedoch in neun von zehn Bildern ein breiter, flacher Backtrog mit Teig zu sehen ist, ist klar, daß es sich bei der Notiz *Der Kuchenteig* auf dem Umschlag um den Titel der Geschichte handelt. Da zudem derselbe Bleistift wie bei den Zeichnungen benutzt wurde, darf man wohl Schreiber und Zeichner als identisch ansehen.

Hartmann dachte sofort, daß es sich dabei um Zeichnungen von Wilhelm Busch handeln könnte. Das legten schon die markante Handschrift des Titels und die für den Künstler mehrfach belegte Signatur »W. B.« nahe. Aber auch der Gestus der Zeichnungen ist für Busch charakteristisch, und dann war da noch eine verblüffende inhaltliche Parallele, die sich wohl jedem erschließen dürfte, der Buschs berühmtestes Buch kennt (und wer kennte in Deutschland *Max und Moritz* nicht?): Die Handlung der kleinen Bildergeschichte variiert ein wohlbekanntes Motiv, nämlich den Sturz in einen Teigtrog. Genau dies widerfährt Max und Moritz, den beiden Lausbuben, in deren sechstem Streich, und auch dort handelt es sich explizit um Kuchenteig. Der Text dazu lautet: »Ganz von Kuchenteig umhüllt / Stehn sie da als Jammerbild.«[1] Nicht zuletzt weist der Protagonist der zehn Bilder aus dem Sulzbacher Umschlag große Ähnlichkeit mit Max und Moritz auf; ja, man könnte meinen, mit seiner dunklen Haartolle und dem kreisrunden Gesicht wäre er eine Kreuzung aus beiden Figuren.

Doch wer hätte je von einem solchen Fund gehört? Originalzeichnungen von Busch sind extrem selten, weil er nach Anfertigung der Holzstöcke, mittels deren seine Bildergeschichten und Illustrationen gedruckt wurden, die Vorlagen zu vernichten pflegte. Einzelne Zeichnungen und sogenannte Bilderhandschriften, wie auch die zu *Max und Moritz*, haben nur deshalb überlebt, weil Busch sie an Freunde und Bewunderer verschenkt hatte. Heute gehören die meisten davon der Wilhelm-Busch-Gesellschaft und werden im Busch-Museum in Hannover aufbewahrt. Seit dem Tod des Künstlers 1908 und der Sichtung seines Nachlasses hatte man trotz intensiver Suche in Archiven und Verlagshäusern keine unbekannte Bildergeschichte aus seiner Feder mehr entdeckt.

Und waren die zehn Sulzbacher Zeichnungen im Vergleich gerade mit *Max und Moritz* nicht doch etwas statisch, die Gesichter zu puppenhaft, als handele es sich um abgezeichnete Modeln für Lebkuchenfiguren? Der Echtheit der Bildergeschichte konnte man sich also keineswegs sicher sein, zumal Buschs Zeichnungen häufig gefälscht worden sind.[2] Hartmann, der an diesem Tag noch zahlreiche weitere Akten zu sichten hatte, steckte die Skizzen wieder in ihren Umschlag und legte diesen an seinen alten Platz zurück, wo er noch lang hätte ruhen können, denn das Verlagsarchiv des Hauses J. E. von Seidel ist gewaltig.

Doch einige Tage später brachte Johannes Hartmann eine Digitalkamera mit, um einige Schriftstücke zu fotografieren. Warum sollte er nicht auch ein paar Bilder von der seltsamen Bildergeschichte machen? Dann konnten sich kenntnisreichere Experten als er wenigstens einen Eindruck von den Zeichnungen verschaffen. Eine Dame, der das zuzutrauen war, gab es sogar in Sulzbach selbst: Elisabeth Vogl, die frühere Leiterin des Stadtmuseums, als Menzel-Forscherin ausgewiesene Kennerin der deutschen Kunst der zweiten Hälfte des neunzehnten Jahrhunderts. Als Vogl die Fotos sah, hielt sie die Zeichnungen sofort für authentisch. Doch die einschlägige Instanz für eine endgültige Überprüfung ist das Wilhelm-Busch-Museum in Hannover, wo, wie bereits erwähnt, der mit Abstand größte Bestand an Originalen aufbewahrt wird, darunter auch die von *Max und Moritz*. Anhand der aus Sulzbach-Rosenberg übersandten Fotos und eigens angefertigter Kopien kam die Hannoveraner Kunsthistorikerin und Busch-Spezialistin Ruth Brunngraber-Malottke, Herausgeberin des Catalogue Raisonné von Buschs Handzeichnungen, schnell zu dem Schluß, daß es sich tatsächlich um eigenhändige Werke handeln mußte. Diese Einschätzung bestätigte sich nach Autopsie der Originale, die Brunngraber-Malottke im Frühjahr 2008 gemeinsam mit Hans Ries, dem Herausgeber der Historisch-kritischen Gesamtausgabe von Buschs Bildergeschichten und Nestor der diesbezüglichen Forschung, in den Räumen des ehemaligen Seidelschen Verlags vornahm.[3] Damit durfte Sulzbach-Rosenberg eine Sensation vermelden, denn eine bislang unbekannte Geschichte aus der Feder des beliebtesten deutschsprachigen Bildergeschichtenerzählers war genau hundert Jahre nach dessen Tod ein spektakulärer Fund. Entsprechend groß war das Aufsehen, das die Präsentation der Entdeckung am 13. Juni 2008 erregte.

Das Verlagsarchiv Seidel

Diese Präsentation fand im Druckereisaal der ehemaligen Seidelschen Verlagsbuchhandlung statt. Das 1785 von dem später geadelten Johann Esaias Seidel neubegründete Druckerei- und Verlagsgeschäft wurde auch nach dem 1854 erfolgten Verkauf durch die Erben an den Regensburger Verleger Ferdinand Pustet unter dem bisherigen Namen J. E. von Seidel in der früheren Residenzstadt Sulzbach weitergeführt. Dort hatte bis 1791 die frühere Wittelsbacher Nebenlinie Pfalz-Sulzbach residiert, aus der mit Maximilian I. Josef schließlich der erste bayerische König und dadurch die bis 1918 in München herrschende Dynastie hervorgegangen war. Sulzbach büßte durch den Verlust des Status einer Residenzstadt entscheidend an Bedeutung ein. 1807 hatte Johann Esaias Seidel Teile des nun für die Wittelsbacher nutzlosen Schlosses erworben, um dort sein Unternehmen zu betreiben. 1862 kaufte der bayerische Staat die Anlage von Pustet wieder zurück, doch etliche Ausstattungsstücke wurden ins neue Domizil des Verlags am Marktplatz des Städtchens, dem heutigen Luitpoldplatz, überführt, wo sie heute noch zu sehen sind. So stellen etwa die gewaltigen Schränke, in denen Korrespondenzbücher und Akten aufbewahrt wurden, darunter wohl auch jener Akt mit dem *Kuchenteig*, Relikte der Schloßeinrichtung dar, die schon Seidel selbst genutzt hatte.

Nachdem auch Pustet 1877 den Verlag verkauft hatte, bewahrten der neue Eigentümer Hans Wotschak, dessen Vater schon für Johann Esaias von Seidel tätig gewesen war, und seine Nachkommen die alte Ausstattung auf, so daß heute in dem sich bis zur Bindergasse erstreckenden Anwesen zwei Jahrhunderte Druckgeschichte dokumentiert sind. Im Druckereisaal, wo die Pressekonferenz zur Vorstellung der neuentdeckten Busch-Geschichte abgehalten wurde, ist etwa eine vollständige Druckerwerkstatt aus dem frühen zwanzigsten Jahrhundert erhalten, mit alten Heidelberger Druckmaschinen, Typensetzkästen für den Bleisatz und sämtlichen für den Buchdruck notwendigen Setzerinstrumenten. Zwei Stockwerke höher, unter dem Dach des jahrhundertealten Hintergebäudes, lagern die Holzstöcke, die bei der Buchproduktion als Vorlagen für Xylographien dienten – für jene Holzstiche also, mit denen auch Wilhelm Buschs Zeichnungen gedruckt worden wären und die die damals gängige, weil günstigste Reproduktionstechnik für Abbildungen in den zahlreichen Kalenderserien darstellten, die den Seidelschen Verlag im neunzehnten Jahrhundert berühmt und erfolgreich gemacht hatten.

Von Beginn an wurden in diesen sogenannten Sulzbacher Kalendern, die mindestens seit 1798 erschienen[4] und insgesamt mehr als dreißig Serien umfassen sollten, auch Illustrationen veröffentlicht, anfangs noch im kostspieligen Kupferstichverfahren, wie man es auch aus den Frontispizen oder Tafeln der Bücher jener Zeit kennt, später dann bisweilen im kaum weniger aufwendigen

Stahlstichverfahren, bis sich nach der Jahrhundertmitte die deutlich billigeren Xylographien durchsetzten. In den frühen sechziger Jahren des neunzehnten Jahrhunderts zogen dann auch humoristische Illustrationen und kurze Bildergeschichten in die meist im Taschenbuchformat hergestellten Kalender ein, und es wird dieser neue inhaltliche Bestandteil der in ganz Deutschland, vor allem aber in Bayern verbreiteten Publikationen gewesen sein, der den damals in München lebenden Wilhelm Busch bewogen hat, dem Verlagshaus seinen *Kuchenteig* anzubieten. Adolph von Seidel, der Sohn des Gründers Johann Esaias, war 1850 aus Sulzbach in die bayerische Hauptstadt gezogen und hatte von dort aus die Kalenderredaktion geleitet – bis 1874, also auch noch, nachdem er das Unternehmen bereits an Pustet verkauft hatte. Er war somit der geeignete Empfänger für das Angebot einer skizzierten Bildergeschichte, und so kann man auch erklären, warum es kein Anschreiben zu den zehn Zeichnungen gibt und nicht einmal einen an den Verlag adressierten Umschlag.

Vermittler bei dem Angebot des *Kuchenteigs* – Busch selbst verhandelte den Erinnerungen seiner Zeitgenossen nach nur ungern mit Verlegern über seine Arbeiten – war offenbar der auf dem Umschlag genannte Herr Küster, genauer Ernst Küster (1834-1907), ein fast gleichaltriger Freund und Malerkollege von Busch, der wie dieser dem

Künstlerverein »Jung-München« angehörte. In dem erstmals 1886 publizierten autobiographischen Aufsatz *Was mich betrifft* schildert Busch seine Ankunft in München im Jahr 1854. Von diesem Umzug hatte sich der bereits an den Düsseldorfer und Antwerpener Kunstakademien ausgebildete zweiundzwanzigjährige Maler den Durchbruch erhofft, doch er wurde enttäuscht: »Von Lüthorst trieb mich der Weg nach München, wo bei der grad herrschenden akademischen Stimmung das kleine nicht eben geschickt gesteuerte Antwerpener Schiffchen bald auf dem Trockenen saß. – Um so verlockender wirkte der Künstlerverein. Die Veröffentlichung der dort verübten Späße, besonders der persönlichen Verhohnhacklungen, ist mir unerwünscht. Was hilft's? Dummheiten, wenn auch vertraulich in die Welt gesetzt, werden früher oder später doch leicht ihren Vater erwischen, mag er's wollen oder nicht.«[5]

Aus diesen Zeilen spricht Buschs Ärger über die Tatsache, daß sein 1886 längst etablierter Ruhm als Humorist dafür gesorgt hatte, daß die lockeren Zeichnungen aus den Kneipenbüchern und Gelegenheitsarbeiten, die er im Künstlerverein »Jung-München« und anderen solchen Vereinigungen angefertigt hatte, gegen seinen Willen publiziert worden waren. Busch aber hatte nach der Bildergeschichte *Maler Klecksel*, die zwei Jahre zuvor erschienen war, mit diesem Teil seines Schaffens abgeschlossen

– gerade weil es so erfolgreich war und dadurch seine Ambitionen als Dichter und Maler überlagerte. Und nun waren in einer Biographie, die Eduard Daelen über Busch verfaßt hatte,[6] einige der von ihm als zeichnerische Jugendsünden empfundenen Gelegenheitsarbeiten bekanntgemacht worden.

Doch 1893, in der erweiterten Fassung von *Was mich betrifft*, die dann unter dem Titel *Von mir über mich* erschien, urteilt er bereits etwas milder über seine Münchner Spottbilder, beschreibt sie als noch unvollkommene Vorstufen zu seinen Bildergeschichten, da sie durch die persönlichen Bezüge noch zu nahe an der Wirklichkeit gewesen seien: »Zum Gebrauch in der Öffentlichkeit habe ich jedoch nur Phantasiehanseln in Anwendung gebracht. Man kann sie auch besser herrichten ganz nach Bedarf und sie eher tun und sagen lassen, was man will. Gut schien mir der Trochäus für biederes Reden; stets praktisch der Holzschnittstrich für stilvoll heitere Gestalten. So ein Konturwesen macht sich leicht von dem Gesetze der Schwere und kann, besonders wenn es nicht schön ist, viel aushalten, eh' es uns weh tut.«[7]

Damit beschreibt Busch sein Erfolgsrezept als Bilderzähler, und ganz danach handelte er auch in den sechziger Jahren des neunzehnten Jahrhunderts, als er eine gezeichnete Geschichte konzipierte, die 1867 schließlich als einer der *Münchner Bilderbogen* des Münchner Verlags Braun & Schneider erscheinen sollte: *Schmied und Teufel*, gestaltet nach einer kurz zuvor publizierten thüringischen Sage. Busch hatte ursprünglich – zweifellos aus einer Bierlaune heraus – das von ihm erstmals um 1861 skizzierte Geschehen in einer Szene enden lassen, die der Zeichner selbst als »Privathölle« bezeichnete. Sie stellt eine satirische Redaktionssitzung bei seinem Verleger Kaspar Braun dar und ist in einer Unterwelt angesiedelt, die alle Gefährten aus »Jung-München« versammelt, darunter auch jenen Ernst Küster, der die Vermittlung des *Kuchenteigs* übernehmen sollte. Er ist auf dem Tableau ganz im Hintergrund als bärtiger Mann im Profil zu sehen, der aus einem der Höllenkessel heraus neiderfüllt zu einem daneben sich küssenden Paar blickt. Busch nennt ihn in einem Brief vom 4. August 1866 an Kaspar Braun rückblickend »Küster den Eifersüchtigen«;[8] offensichtlich war das eine übliche Spöttelei über den Historienmaler, mit dem Busch mindestens seit 1858 befreundet war, als sie gemeinsam einen Sommerausflug von München nach Brannenburg unternommen hatten. Küster darf also zu den besonders Vertrauten der ersten Münchner Zeit gezählt werden, die sich bis 1867 erstreckte, und darauf ist gewiß auch zurückzuführen, daß Busch gerade ihn mit der Kontaktaufnahme zu den Sulzbacher Kalendern betraute.

Kommerziell nutzte Busch sein komisches Talent als

Bilderzähler seit 1859: Im Oktober jenes Jahres war gleichfalls als *Münchner Bilderbogen* die Geschichte *Der kleine Maler mit der großen Mappe* erschienen. Den Kontakt zu Kaspar Braun besaß Busch dank seiner damals schon zehn Monate währenden Mitarbeit als Zeichner an Brauns *Fliegenden Blättern*, einer satirischen, alle zwei Wochen reich illustriert erscheinenden Publikation. Als Busch dazustieß, erschienen die *Fliegenden Blätter* bereits seit fünfzehn Jahren, und sie hatten sich zu einem der wichtigsten Foren für humoristische Bildergeschichten in Deutschland entwickelt. Sie waren jedoch keineswegs die erste Publikation dieser Art. Das berühmteste und ältere Beispiel für diese Art von Publikationen waren vielmehr die *Neu-Ruppiner Bilderbögen*, die allerdings dezidiert nicht als satirische Bildfolgen entstanden waren. Diese inhaltliche Wende hatte neben den *Fliegenden Blättern* vor allem auch der 1848 in Berlin begründete *Kladderadatsch* eingeleitet – beide Zeitschriften profitierten in den Revolutionsjahren 1848/49 massiv von den Lockerungen der durch die Karlsbader Beschlüsse von 1819 im Deutschen Bund etablierten Zensurbestimmungen. Nach der Niederschlagung der Demokratiebewegung und der erneuten Restauration verloren die *Fliegenden Blätter* ihre politisch-satirische Stoßrichtung und gossen ihren Spott statt dessen über das Bürgertum aus.

Busch sollte dreizehn Jahre lang regelmäßig Beiträge

für die *Fliegenden Blätter* und die gleichfalls bei Braun & Schneider erscheinenden *Münchner Bilderbogen* liefern. Der bis dahin künstlerisch erfolglose Maler reüssierte nun also als Zeichner humoristischer Szenen und Erzählungen. Er resümiert diese zwiespältige Erfahrung rückblickend so: »Dann hab ich sie laufen lassen auf den Markt, und da sind sie herumgesprungen, wie Buben tun, ohne viel Rücksicht auf gar zu empfindliche Hühneraugen.«[9]

Allerdings nahmen bisweilen auch die erhofften Adressaten seiner Arbeiten keine Rücksicht auf die Empfindlichkeiten des Künstlers, denn Buschs Einfall zum *Kuchenteig* sollte keinen Abnehmer finden. Die Geschichte ist nie in einem der Sulzbacher Kalender erschienen, und die zehn Zeichnungen wurden Busch auch nicht wieder zurückgeschickt. Sie kamen aus ungeklärten Gründen in den Akt, wo Johannes Hartmann sie fast anderthalb Jahrhunderte später wiederentdeckte.

Die Datierung

Der Kuchenteig kann recht genau datiert werden, auch wenn in den erhaltenen Kopierbüchern des Verlags kein Eintrag zu finden ist, aus dem hervorgehen würde, ob man Busch seinerzeit wenigstens geantwortet hat. Es fehlen allerdings unter den Kopierbüchern im Verlagsarchiv nach derzeitigem Wissensstand die Bände für die Jahre von 1863 bis 1883 – und damit gerade für jene Zeit, in der, wie man sehen wird, nach Maßgabe aller Indizien die Ausarbeitung des *Kuchenteigs* zu vermuten ist. Wahrscheinlich aber wurde die Geschichte in Sulzbach einfach vergessen und wahllos abgelegt, ja vielleicht ist sie sogar in dem Akt verlegt worden, nachdem man sich im Verlag entschieden hatte, sie nicht zu drucken. Busch war ohnehin nie an seinen alten Arbeiten interessiert, so daß er den einbehaltenen zehn Blättchen auch nicht weiter nachgetrauert haben wird. Dennoch kann gerade die Tatsache, daß der Zeichner offenbar keine Anstalten gemacht hat, den durch Küster eingereichten Entwurf zu der Bildergeschichte wieder zurückzubekommen, zur genaueren Bestimmung ihres Entstehungszeitpunkts beitragen.

Terminus post quem ist 1859, denn *Der Kuchenteig* weist schon eine reifere Konzeption auf als die ersten Bildergeschichten Buschs, die aus ebendiesem Jahr resultieren (*Der kleine Maler mit der großen Mappe*, *Die kleinen Honigdiebe*, *Übertriebene Gefälligkeit* und *Die Täuschung*). Der Terminus ante quem lautet 1865, als Busch nach dem zwischenzeitlichen Experiment mit einem anderen Verlag, an den er sich vor allem eines höheren Honorars wegen gewandt hatte, ausgerechnet mit dem Manuskript von *Max und Moritz* zu Braun & Schneider zurückkehrte – eine nachhaltige Verstimmung zwischen Kaspar Braun und dem Zeichner hatte es über Buschs anderweitiges Engagement erstaunlicherweise nicht gegeben.

Wie war dieser Seitensprung des Künstlers aber zustande gekommen? Im August 1863 hatte er sich in München mit dem Dresdner Maler Ludwig Richter getroffen, den er bereits seit beider Sommeraufenthalt in Brannenburg fünf Jahre zuvor kannte. Richters Sohn Johann Heinrich, den Busch 1860 bei einem Besuch in Dresden kennengelernt hatte, führte in der sächsischen Residenzstadt einen nach ihm benannten Verlag. Für diesen hatte Ludwig Richter von dem durch die *Münchner Bilderbogen* mittlerweile einigermaßen bekannt gewordenen Busch bei ihrem Treffen im Sommer 1863 mehrere Bildergeschichten erbeten, und schon Ende September sandte Busch einen ersten Entwurf nach Dresden: dreizehn Skizzen zur späteren Bildergeschichte *Hänsel und Gretel*. Sie sollte dann den Abschluß von Buschs erster Buchpublikation, den 1864 bei J. Heinrich Richter erschienenen *Bilderpossen*, bilden, für die er bis Oktober 1863 noch drei weitere Bildergeschichten zeichnete: *Der Eispeter*, *Katze und Maus* und *Krischan mit der Piepe*.

Interessant sind die Preisverhandlungen[10] mit Richter: Busch schlug dem Verleger ein Honorar vor, das ihn am

Umsatz beteiligt hätte. Üblich war bei Bilderbüchern seinerzeit aber eine Pauschalzahlung pro Zeichnung, weshalb Richter das Ansinnen Buschs zurückwies. Leider pflegte der Zeichner nicht nur seine Vorzeichnungen, sondern auch alle an ihn gerichteten Briefe zu vernichten, so daß man nur aus den von Busch verfaßten, in Verlagsarchiven oder Privathand erhaltenen Schreiben die Korrespondenzgegenstände rekonstruieren kann. Die Briefe an Johann Heinrich Richter sind erfreulicherweise noch vorhanden, und in einem davon verwahrt sich Busch gegen den Vorwurf, er verlange mehr Geld als etablierte Malergrößen wie Julius Schnorr von Carolsfeld, Moritz Schwind oder Wilhelm Kaulbach: »Ich betrachte meine Sachen einfach als das was sie sind, als Nürnberger Tand, als Schnurrpfeifereien, deren Wert nicht in ihrem künstlerischen Gehalt, sondern in der Nachfrage des Publikums zu suchen ist ... Wenn ich meine Kuh zu Markt bringe, will ich sie auch verkaufen.«[11]

Richter beugte sich zumindest teilweise diesem Argument und gewährte Busch am 22. Oktober ein Fixhonorar von zwei Louisdor pro gezeichneter Seite plus einem Zuschlag in halber Höhe, falls mehr als sechstausend Exemplare des Buchs verkauft werden sollten (was jedoch nicht geschah). Zum Vergleich: Von Kaspar Braun hatte Busch am Ende der fünfziger Jahre pro fertiggestellten Holzstock, für den der Künstler allerdings nur

Entwurf und Vorzeichnung des Bildes auf dem Stock zu leisten hatte, drei Gulden erhalten. Zwei Louisdor aber entsprachen 17,5 Gulden, und auf den meisten Seiten der *Bilderpossen* befindet sich nur ein Bild. So kam für die vier Geschichten des Bilderbuchs mit dessen insgesamt sechsundfünfzig Seiten die beachtliche Summe von 960 Gulden zusammen, was in der damaligen Zeit fast dem Doppelten eines jährlichen Professorenhonorars entsprach.

Diese Ausführung ist hilfreich, wenn es nun wieder um die genaue zeitliche Einordnung des *Kuchenteigs* geht. Wilhelm Busch sah sich erst 1863 nach alternativen Publikationsmöglichkeiten um, weil er offenbar mit der Bezahlung durch Braun nicht mehr zufrieden war. Küster hatte für den *Kuchenteig* in Buschs Namen fünf Gulden pro Zeichnung gefordert, also deutlich weniger, als die Forderung an Richter lautete. Jedoch muß man berücksichtigen, daß das Format der *Bilderpossen* und also auch der dazu notwendigen Vorlagezeichnungen für den Holzstock ungleich größer war, als dies für die vergleichsweise kleinen Seidelschen Taschenkalender nötig gewesen wäre. Dennoch ist die Diskrepanz derart beträchtlich, daß man annehmen darf, daß sich Busch nach der Vereinbarung mit Richter nicht mit einem soviel niedrigeren Honorar begnügt hätte. Daher hat Busch die Geschichte vermutlich im Frühsommer 1863 an Seidel nach München schicken lassen, der sie dann nach Sulzbach weiterleitete.

Das würde insofern gut passen, als die Sulzbacher Kalender jeweils im Herbst gedruckt wurden, um rechtzeitig vor Jahresbeginn im Handel zu sein. Zudem wurden just für das Jahr 1864 zwei neue Publikationen angekündigt, die die Zahl der damals aktuellen Kalenderserien aus dem Verlagshaus J. E. von Seidel auf acht erhöhten. Diese neuen Titel waren der *Volks-Kalender* und eine spezielle Münchner Ausgabe des damals bereits überaus erfolgreichen *Gemeinnützigen Haus-Kalenders*, der Mitte der sechziger Jahre eine für die damalige Zeit sagenhafte Auflage von sechzigtausend Stück erreichte. Diese zweite Novität könnte Busch besonders gereizt haben, denn sein Ruhm war speziell in der bayerischen Hauptstadt groß, weil der Künstler nicht nur selbst seinerzeit in München lebte, sondern auch der Großteil der *Fliegenden Blätter* und *Münchner Bilderbogen*, für die er regelmäßig zeichnete, dort und in der unmittelbaren Umgebung der Stadt verkauft wurde. Es spricht also einiges dafür, daß Busch deshalb im Sommer 1863 beim Verlagshaus J. E. von Seidel vorstellig wurde. Außerdem hätte sich auch der hier verlegte *Münchener Haus-Kalender* als Publikationsort angeboten. Er erschien bereits seit 1845, hatte allerdings 1860 erst eine Auflage von achttausend Exemplaren erreicht. Er richtete sich aber ausschließlich an die Bewohner von München und Umgebung und enthielt wie alle Seidelschen Kalender einzelne Holzstichillustrationen – gleichfalls also ein attraktives Forum, auf das Busch spekuliert haben könnte.

Allerdings dauerte es noch bis zum Jahrgang 1867, ehe im *Münchener Haus-Kalender* auch Bildergeschichten gedruckt wurden, während kurze Prosa-Erzählungen schon länger fester Bestandteil des Kalenderprogramms waren. Busch mag also bei seinem Angebot einer Bildfolge verkannt haben, daß ihm sein lokaler Ruhm gar nichts nutzen würde, weil die eigens fürs Münchner Publikum konzipierten Kalender 1863 noch gar keine Bildergeschichten enthielten. Sulzbacher Kalenderpublikationen, in denen schon früher regelmäßig Bildergeschichten zum Abdruck kamen, waren vor allem der *Sechskreuzerkalender*, dazu der *Bauernkalender* und der *Kalender für katholische Christen*. Erfreulicherweise haben sich im Verlagsarchiv J. E. von Seidel zahlreiche Belegexemplare der einzelnen Kalenderserien erhalten. So sind etwa die *Sechskreuzerkalender* seit dem Jahrgang 1864 einsehbar, die *Bauernkalender* seit 1856, die *Kalender für katholische Christen* seit 1841, die *Gemeinnützigen Haus-Kalender* seit 1840, die *Münchener Haus-Kalender* jedoch leider erst seit 1865 und die *Volks-Kalender* gar erst seit 1877. Bei der Durchsicht kann man feststellen, daß erstmals im Kalenderjahr 1863 lustige Bildergeschichten auftauchen, meist rubriziert als »Humoristisches«, während vorher im unterhaltenden Bilderteil der Publikationen religiöse, historische und landeskundliche Sujets vorherrschen.

Diese Entwicklung ist auch in den vollständig überlieferten Vignettenbüchern des Verlags dokumentiert, in die im neunzehnten und beginnenden zwanzigsten Jahrhundert die in den Kalenderpublikationen enthaltenen Stiche eingeklebt und datiert wurden. Vor dem Jahr 1863 findet sich auch hier keine humoristische Zeichnung. Offenbar hat die Redaktion damals etwas Neues ausprobieren wollen, und der Erfolg muß sie darin bestätigt haben, denn fortan zogen amüsante Bilderepisoden in immer mehr Seidelsche Kalenderserien ein. Dennoch dauerte es noch zwei Jahrzehnte, bis auch die letzten Bastionen der Ernsthaftigkeit fielen; der Kalender für die bayerischen Feuerwehren zum Beispiel öffnete sich erst mit dem Jahrgang 1881 für humoristische Bildelemente.

Diese konzeptionelle Neuerung einzelner Kalender des Jahrgangs 1863 hin zum Komischen wird Busch nicht verborgen geblieben sein. Sie dürfte der wichtigste Grund dafür gewesen sein, daß er ausgerechnet im Jahr der Etablierung humoristischer Bildergeschichten in den Sulzbacher Kalendern eine eigene Schöpfung anbot – was vorher ja auch gar keinen Sinn gehabt hätte. Damit kann man das Jahr 1863 als weitgehend gesichertes

Datum für die Entstehung des *Kuchenteigs* annehmen. Um so bedauerlicher, daß die erhaltenen Kopierbücher mit der Verlagskorrespondenz ausgerechnet am 12. Januar dieses Jahres enden. Denn auch wenn einiges dafür spricht, daß Busch oder Küster als Überbringer der Bildergeschichte keine Nachricht über deren Ablehnung erhielten, sollte man zumindest annehmen, daß Adolph von Seidel darüber informiert worden ist. Immerhin war aller Wahrscheinlichkeit nach er es, der als verantwortlicher Redakteur die ihm vermittelten Zeichnungen überhaupt erst nach Sulzbach geschickt hatte – was dafür spricht, daß ihm die Geschichte gefiel und er sie sich in den Kalendern vorstellen konnte. Ansonsten wäre es ja viel einfacher gewesen, sie in München direkt an Küster zurückzugeben.

Man kann diese bislang nur an der Verlagsgeschichte orientierte Datierung von *Der Kuchenteig* aber auch stilistisch untermauern. Die in der wortlosen Bildergeschichte erzählte Handlung – Busch pflegte seine Bildtexte immer erst nach Anfertigung der Zeichnungen auszuarbeiten – wird, wie bereits erwähnt, im sechsten Streich von *Max und Moritz* wieder aufgenommen. Hans Ries verweist darauf, daß die Idee, einen oder zwei Lausejungen in den Trog einer Backstube fallen und sie danach als wandelnde Teigfiguren hilflos agieren zu lassen, »unwiederholbar« gewesen sei: »Kein Künstler durfte es sich erlauben, solches zur gleichen Zeit dem Publikum mehrmals anzubieten.«[12] Deshalb muß die Geschichte *Der Kuchenteig*, die diesen Einfall noch deutlich schlichter ausformuliert als *Max und Moritz*, wo er ja bis zum Ausbacken der im Teig verklebten Knaben fortentwickelt wird, zeitlich vor der Arbeit an Buschs berühmtester Bildergeschichte angesiedelt werden. *Max und Moritz* wurde zwar erst 1865 publiziert, aber schon im November und Dezember 1863 vorgezeichnet. Zu diesem Zeitpunkt waren die Seidelschen Kalender für das folgende Jahr bereits gedruckt, und Busch mußte auch ohne Nachricht des Verlags wissen, daß man seine Geschichte nicht berücksichtigt hatte. Einer Weiterverwertung seiner Teig-Idee in dem neuen Vorhaben stand also nichts im Wege.

Es gibt aber auch gestalterische Parallelen zwischen *Der Kuchenteig* und den im Spätsommer 1863 entstandenen Geschichten der *Bilderpossen*. Ries verweist auf die Ähnlichkeit der Kappen, die einerseits der Vater des im Trog versunkenen Jungen, andererseits der Hausknecht in *Katze und Maus* trägt.[13] Die titelgebende Knabenfigur in *Krischan mit der Piepe* trägt dieselbe Haartolle wie der namenlose Junge in *Der Kuchenteig*, und die bühnenartigen Dekore des jeweiligen Innenraums gleichen sich im Arrangement auf verblüffende Weise. Schließlich ist abermals in *Katze und Maus* eine Szene zu finden, in der Köchin und Hausknecht die Katze aus einem Stiefel zu zerren versuchen, was auf ähnliche Weise geschieht wie die Reinigungsaktion der Eltern im *Kuchenteig*.

Aus dieser graphischen Verwandtschaft zu den *Bilderpossen* leitet Ries ein weitgehend zeitgleiches Entstehungsdatum ab, wobei man berücksichtigen muß, daß Busch bestimmte Motivfindungen seit dem Beginn seiner Arbeit als humoristischer Zeichner häufig wiederholt hat. Darauf wird im Rahmen der nun folgenden Einzelbildanalyse der zehn Zeichnungen zum *Kuchenteig* zurückzukommen sein. Dennoch ist die Überlegung von Ries konsequent und paßt sich nahtlos in die biographisch orientierte Datierung ein.

Der Kuchenteig Bild für Bild

Die Unregelmäßigkeit der Formate bei den zehn Zeichnungen, die zusammen die Bildergeschichte *Der Kuchenteig* ergeben, zeigt, daß Busch die Blättchen selbst zurechtgeschnitten hat, und zwar mit einer Schere, wie die glatten Kanten beweisen, aber nicht nach strenger Ausmessung und wohl auch gar nicht mit der Absicht, genau gleich große Bilder zu erzeugen. Dabei erfolgte aber zuerst die Zeichnung, denn die oberen Bleistiftrahmungen der Zeichnungen stehen bei allen Bildern derart knapp an den Kanten, daß sie vor der Beschneidung ausgeführt worden sein müssen. An den unteren Seiten wird dagegen weitaus mehr Abstand gewahrt, und die Rahmenlinien sind dort auch nicht mit dem Lineal gezogen wie oben, sondern in lockerem Schwung und teilweise in mehreren Partien gezeichnet, wodurch sich eine Theateratmosphäre ergibt, denn der Betrachter hat das Gefühl, daß sich das Geschehen auf einer roh gezimmerten Bretterbühne abspielt, weil Busch den Boden des Handlungsraums als Bohlenfläche skizziert hat – eine ganz typische Lösung für seine Interieurs, die sich auch in allen Streichen von *Max und Moritz* (mit Ausnahme des ganz im Freien spielenden ersten) findet. Genauso verhält es sich im 1862 gezeichneten *Abenteuer in der Neujahrsnacht*, wo um der wilden Bewegtheit der Szene willen allerdings der Parkettboden des Zimmers, in das der Zecher heimkehrt, ständig wechselnd gezeichnet wird: mal senkrecht, mal waagerecht und manchmal auch schräg schraffiert. Gleiches gilt für die im selben Jahr entstandene Bildergeschichte *Die zwei Diebe*.

In anderen frühen Busch-Bildergeschichten, die ihre Handlungsorte überwiegend im Freien ansiedeln, war diese Betonung der häuslichen Bodenflächen Busch weitaus weniger wichtig – man vergleiche nur die Geschichte *Der Floh*, die zwar komplett in einem Schlafgemach spielt, aber nur selten das Auge des Betrachters unter das Bett des geplagten Schläfers lenkt. Dagegen nutzt

Busch in der vermutlich im zweiten Halbjahr 1863 entstandenen Bildergeschichte *Eginhard und Emma*, deren Figuren denen des *Kuchenteigs* in ihrer Puppenhaftigkeit besonders nahe verwandt sind, erstmals konsequent eine strenge Perspektive auf das Geschehen. Sie versetzt den Leser in leichte Obersicht und findet ihren Höhepunkt in den letzten drei Bildern, die im Vordergrund jeweils eine doppelte Kante aufweisen, als knicke dort tatsächlich ein Bühnenrand nach unten ab. Dort enden dann auch die als freihändige Linien ausgeführten, perspektivisch korrekt nach hinten wegfluchtenden Bretter, die den Boden des Handlungsraums bedecken.

In den Geschichten der *Bilderpossen* ist der Bühnencharakter bisweilen ersetzt durch eine Guckkastenperspektive, die vor allem in *Der Eispeter* und *Hänsel und Gretel* durch die in beiden Fällen kräftig ausgezogenen Rahmen suggeriert wird. Nie wieder sollte eine Geschichte von Busch derart eingekastelt sein; vielmehr verzichtete er nach *Max und Moritz* nahezu gänzlich auf reine Begrenzungslinien und ließ seine Zeichnungen in den Holzstichen fortan ganz freistellen. Angesichts der erhaltenen Bilderhandschriften zu *Der Eispeter* und *Hänsel und Gretel*, die denselben Arbeitsschritt zu dokumentieren scheinen wie die Zeichnungen zum *Kuchenteig*, muß man allerdings die Frage aufwerfen, ob es Buschs eigene Absicht war, die Rahmen derart zu betonen, denn auf diesen Skizzen fehlen sie. Die *Bilderpossen* sind mit einem Format von mehr als zehn Zentimetern Höhe und zwanzig Zentimetern Breite aber auch die größten Zeichnungen, die Busch jemals als Bildergeschichte publiziert hat. Und auch bei den anderen Episoden, *Katze und Maus* und *Krischan mit der Piepe*, die offen angelegt sind, finden sich die für das Buch charakteristischen dichten Schraffuren im Hintergrund, die gar nicht zu Buschs sonst so lichtem Stil zu passen scheinen, aber eben den Zusammenhalt der großen Bildflächen gewährleisten. Dadurch wird auch in den *Bilderpossen*, vor allem in der *Krischan*-Episode, ein enges Bühnengefühl erzeugt, wie es in den Zeichnungen zum mutmaßlich kurz vorher angefertigten *Kuchenteig* gleichfalls angestrebt wurde.

Die konsequent nur oben in diesen Einzelbildern zu findende schnurgerade Begrenzungslinie hat eine interessante Parallele im inhaltlich so nahe verwandten sechsten und dann auch siebten Streich von *Max und Moritz*, und zwar nicht nur in der komplett erhaltenen Bilderhandschrift, sondern auch in der Druckfassung. Auch hier wird die Backstube über die rein zur Skizzierung des Raumes notwendigen Linien hinaus durch eine Abschlußgerade nach oben beschränkt – eine Lösung, die Busch später nicht mehr aufgreifen sollte und auch in den Skizzen zu den *Bilderpossen* nicht auf diese Weise benutzt hat. Das könnte für einen Entstehungszeitpunkt von *Der Kuchenteig* sprechen, der doch zwischen den beiden Hauptwerken des Jahres 1863 liegt, aber dagegen spricht weiterhin der Ablauf der Kalenderproduktion im Verlagshaus J. E. von Seidel.

Um die Bilder herum sind, wie einzelne Bleistiftspuren an den Schnittkanten der Papierblättchen zeigen, Hilfslinien gezogen worden, anhand deren Busch dann die Zeichnungen ausschnitt. Ansonsten aber scheint er bei der Anfertigung der Papiere nach Augenmaß vorgegangen zu sein, was die Formatdifferenzen zwischen den zehn Zetteln erklärt, die jeweils bis zu einem Zentimeter in Höhe und Breite ausmachen. Dadurch erübrigt sich auch die Vermutung, Busch könnte die Einzelbilder zunächst auf einem oder zwei Bögen komplett gezeichnet und dann erst auseinandergeschnitten haben, zumal wenn unmittelbar aufeinander folgende Motive so unterschiedlich groß ausfallen wie etwa die erste und zweite Zeichnung. Da es zudem unwahrscheinlich ist, daß Busch ausgerechnet das kleinste Blatt für das Eröffnungsbild ausgewählt hätte, wenn alle Zettel vorher angefertigt worden wären, darf man annehmen, daß er seine Skizzen jeweils auf größere Einzelbögen zeichnete und sie dann vor der Übersendung an Seidel ausschnitt.

Erstes Bild (46/47 auf 86/87 Millimeter)

Die Auftaktzeichnung zur Bildergeschichte *Der Kuchenteig* ist die kleinste und im Format auch unregelmäßigste der Serie. Zu sehen ist das Interieur einer ländlichen Stube mit Bretterboden und Balkendecke, wobei letztere durch die Enden der Holzbalken nur angedeutet ist (das gilt auch für alle weiteren Zeichnungen mit Ausnahme der fünften und zehnten, wo dieses Detail ganz entfällt). In der Stube halten sich zwei Personen auf: eine Frau in Haushaube, um die Hüften gegürtetem schlichten Kleid und Pantoffeln, sowie ein kleiner Junge, der auf einem für ihn viel zu großen Stuhl mit hoher Lehne sitzt. Die Frau ist damit beschäftigt, in einem vor ihr aufgebockten Trog einen zähen Teig zu kneten, wozu sie die Ärmel hochgekrempelt hat. Der bewegte Faltenwurf ihres Kleids verdeutlicht die Anstrengung. Dadurch, daß Busch

sie mit dem Rücken zu uns gezeichnet hat – eine für seine Figuren durchaus typische Pose,[14] die er überhaupt erst in den humoristischen Bildergeschichten einführte –, können wir über das Alter der Frau noch nichts sagen, doch sowohl ihre Körpergröße im Verhältnis zum Kind als auch ihre Tätigkeit weist sie als Erwachsene aus; mutmaßlich ist sie die Mutter des Knaben. Die Betrachterposition ist ungefähr auf gleicher Höhe mit den Akteuren zu verorten, links ist durch einen einzelnen senkrechten Strich eine Zimmerecke angedeutet, die zusammen mit den dicht schraffierten Schattenflächen dem ansonsten leeren Hintergrund eine eindeutig bestimmbare Tiefe gibt. Durch den Schattenwurf, der sich unter der Frau mit dem dichtesten Schwarz präsentiert, wird ein vom Standpunkt des Betrachters ausgehender Lichteinfall simuliert; Fenster oder künstliche Lichtquellen gibt es in der Geschichte nicht.

Durch das karge Mobiliar wird genauso wie durch die frontale Perspektive der Eindruck einer Bühne erweckt. Dazu trägt auch die Tür links bei, die sich an einer für Theaterkulissen typischen Stelle befindet. Die informelle Kleidung der Frau betont die Privatheit der Szene; wir befinden uns ersichtlich nicht in der Stube einer Bäckerei, sondern eines Wohnhauses. Um so verblüffender ist die große Menge an Teig, die in dem mannslangen Trog aufbewahrt wird. Daß es sich dabei um eine süße Masse und nicht um schlichten Brotteig handelt, beweisen Mimik und Gestik des im Profil sichtbaren Knaben: Mit der Zunge leckt er sich die Lippen, mit der rechten Hand streicht er über seinen Bauch. Er trägt über einem leicht rundlichen Körper Hose, geknöpftes Wams und geschlossene Holzschuhe; sein schwarzes Haar ist mit Ausnahme einer widerspenstig aufrecht stehenden Tolle streng zurückgekämmt und über der linken Schläfe gescheitelt. Er erweckt somit den Eindruck eines wohlversorgten und gepflegten Jungen, dem es an nichts zu fehlen scheint. Damit setzt Busch den moralischen Grundton des Geschehens: Das, was folgt, geschieht aus Übermut, nicht aus Not.

Zweites Bild (52 auf 86 Millimeter)

Die Mutter verläßt den Raum durch die sich nach außen öffnende Tür. Erstmals kann man ihr ins Gesicht sehen – in strengem Profil, da sie beim Hinausgehen den Kopf dreht und den Jungen mit erhobenem Zeigefinger ermahnt, während ihrer Abwesenheit nichts anzustellen. Physiognomie und Gesichtszüge der Frau sind jugendlich, aber puppenhaft, wie man es von Busch auch sonst kennt, so etwa im Schlußbild der 1863 erschienenen Bildergeschichte *Müller und Schornsteinfeger*, wo sich

die vier Protagonisten in einem der Szenerie des *Kuchenteigs* sehr ähnlichen bühnenartigen Raum präsentieren – sämtlich wirken sie in ihrer statuarischen Haltung wie Lebkuchen- oder Printenmänner. Diesem Einfluß einer kindlichen Bilderwelt unterliegt auch die Figur der Mutter im zweiten Bild: Ihr geradezu ägyptisches Profil als Vorwärtsschreitende mit zurückgewandtem Kopf hat nichts Natürliches; Busch weist sie als Puppen- oder Schattenspielfigur aus. *Der Kuchenteig* ist ein Schauspiel, keine Schilderung des Lebens.

Der entschwindenden Mutter entspricht am anderen Bildrand der Knabe, der sich jetzt frontal dem Betrachter zuwendet und dabei eine idealtypische Busch-Physiognomie preisgibt. Das Gesicht ist kugelrund wie bei Max, die schwarze Haartolle nimmt dagegen die Frisur von Moritz vorweg. Sie ist aber auch Attribut von Wilhelm Busch selbst, denn so karikierte er sich selbst auf den Spottzeichnungen im Umfeld von »Jung-München«. In all den Lausbuben steckt also auch ein Stück des Zeichners selbst, und wenn man an eine seiner berühmtesten Jugenderinnerungen denkt, wo er über die Freundschaft mit einem Nachbarsjungen schreibt: »Wir machten eine Mudde aus Erde und Wasser, die wir ›Peter und Paul‹ benannten, überkleisterten uns damit von oben bis unten, legten uns in die Sonne, bis wir inkrustiert waren wie Pasteten, und spülten's im Bach wieder ab«,[15] dann hat man nicht nur einen Beleg für die frühe Vorliebe Buschs für alliterierende Namen, sondern auch eine autobiographische Quelle für die Teigexzesse in *Max und Moritz* und eben im *Kuchenteig*. Es liegt also nahe, daß bei einer so persönlichen Reminiszenz die Hauptfiguren auch das Buschsche Attribut der Haartolle verliehen bekommen.

Sie erfüllt aber im zweiten Bild auch eine graphische Funktion, indem sie das Äquivalent zum emporragenden Zeigefinger der Mutter bildet. Der wird zudem noch veralbert durch die Gehorsamkeitsgeste des Knaben, der den Arm nach oben abwinkelt und die offene Handfläche nach vorn dreht, als winke er der mahnenden Mutter beruhigend zu. In Wirklichkeit richtet sich sein Gruß aber an uns, die Betrachter, die er ja auch ansieht. So wird ein stilles Einvernehmen hergestellt zwischen dem breit grinsenden Schlingel und den Lesern; wir sind Komplizen bei der kommenden Untat, und unsere Neugier auf den Fortgang der Geschichte treibt den Knaben kaum minder an als die eigene Naschlust.

Drittes Bild (53 auf 86 Millimeter)

Die Tür ist wieder zu, und schon steht der Junge auf dem Rand der Sitzfläche und greift in den Teig. Im Gegensatz zum Trog, dem hohen Stuhl und dem Knaben selbst sind alle anderen Elemente der Szenerie nur dünn skizziert, während die drei genannten Motive mit präzisem Strich konturiert sind. Allerdings ist schwer zu begründen,

warum das kindliche Leckermaul zur Befriedigung seines Appetits überhaupt auf dem Stuhl stehen muß. Der aufgebockte Trog ist ja keineswegs so hoch, daß er den Teig nicht auch vom Boden aus erreichen könnte – im Gegenteil hat er es aus der Höhe schwerer. Die einzige Motivation für diese unplausible Verhaltensweise liegt darin, daß Busch den Knaben sonst nicht in den Teig hätte fallen lassen können.

In *Max und Moritz* ist das Problem dann wesentlich eleganter und glaubwürdiger gelöst: Den beiden Lausbuben geht es im sechsten Streich gar nicht um den Teig, sondern um frisch gebackene Brezeln, die im Backhaus auf einem hoch angebrachten Wandregal zum Auskühlen liegen. Um sie zu erreichen, müssen Max und Moritz auf einen Stuhl steigen, der dann unter ihrer Last zusammenbricht, so daß beide hinterrücks in den Teigtrog stürzen, dem sie zuvor gar keine Beachtung geschenkt hatten. Busch hat das etwas unbeholfen wirkende Geschehen aus dem *Kuchenteig* deutlich weiterentwickelt.

Viertes Bild (52 auf 88 Millimeter)

Hier nun stürzt der Protagonist des *Kuchenteigs* in den Trog – vornüber statt rückwärts, wie es Max und Moritz tun. Warum er überhaupt das Gleichgewicht verliert,

ist unklar: Weder scheint im dritten Bild die Teigmasse so zäh zu sein, daß man daran hängenbleiben könnte, noch ist der Sturz auf den Stuhl zurückzuführen, der im *Kuchenteig* heil bleibt. Busch suggeriert zwar, daß der Junge sich zu weit vorgebeugt haben muß, aber dafür besteht gar kein Grund, zumal er offenbar zuvor schon ganz einfach an den Teig gelangt ist.

Erstaunlich ist auch die Verschiebung des Teigtrogs innerhalb des Bildes im Vergleich zu der unmittelbaren Vorgängerzeichnung. Das Gefäß steht jetzt ungleich höher, wenn man die Tür zum Maßstab nimmt. Auch die Beine des Knaben sind vom einen zum anderen Bild deutlich gewachsen, während die Lehne des Stuhls drastisch verkürzt wurde. Auf Akribie in der Ausgestaltung seiner Bildersequenz nahm Busch keine Rücksicht; es ging ihm gegenüber den Kalenderredakteuren erkennbar nur um die Skizzierung seines Einfalls. In einer späteren Vorzeichnung auf dem Holzstock hätte er zweifellos größere Sorgfalt walten lassen, wie man auch aus den gedruckten Bildergeschichten ersehen kann, die kaum einmal derart gravierende Kontinuitätsprobleme aufweisen.

Fünftes Bild (52 auf 87 Millimeter)

Hier nimmt ein Kunstgriff Buschs seinen Anfang: das langsame Ausblenden des umgestürzten Stuhls. Das Möbelstück hat seine Schuldigkeit getan und würde fortan nur die Aufmerksamkeit des Betrachters ablenken. Deshalb erscheint es jetzt nur noch dünn skizziert und in seinen Ausmaßen verkürzt, und eine Ecke der Lehne ragt auch schon über die Bildfläche hinaus. In den folgenden zwei Zeichnungen wird der Stuhl von Busch systematisch immer weiter aus dem Bild geschoben und immer schemenhafter, bis er auf dem achten Blatt schließlich ganz fehlt. Busch erweist sich hier als früher Meister der Illusionierung, die später vor allem im Comic zur Blüte gelangt ist: Für die Handlung unwichtige Details werden ausgelassen, weil man sich darauf verlassen kann, daß die Vorstellungskraft des Betrachters, die ja schon die Übergänge von Bild zu Bild nachvollziehen muß, auch

diese Auslassungen stillschweigend korrigiert. Deshalb kann man in Comics Personen mit vier statt den obligatorischen fünf Fingern zeichnen, ohne daß es jemanden stört. Oder Tick, Trick und Track, die drei bis auf die Mützenfarben äußerlich identischen Neffen von Donald Duck, treten in nur vergleichsweise wenigen Bildern auch wirklich zu dritt auf. Oftmals genügt die Darstellung von zwei Neffen, obwohl sie der Handlung nach strenggenommen alle im Bild sein müßten.

Jedenfalls setzt Wilhelm Busch den Fokus im fünften Bild ganz allein auf den hilflos im Kuchenteig herumstrampelnden Knaben, von dem nur noch die Extremitäten aus dem Trog ragen. Es ist dieselbe hilflose Rükkenlage, die auch Max und Moritz nach dem Sturz von ihrem Stuhl in den Kuchenteig einnehmen, nur daß Arme und Beine der beiden Lausbuben in der entsprechenden Zeichnung noch nicht teigverklebt sind, während der einzelne Junge bereits über und über damit bedeckt ist. Er gleicht in den grotesken Verformungen seiner Umhüllung dem Eispeter nach dessen Einbruch auf dem zugefrorenen See.

Das fünfte Bild ist dementsprechend das leerste der ganzen Serie. Vom Knaben ist kaum mehr etwas zu sehen, andere Protagonisten treten noch nicht in Erscheinung, und sogar die Tür ist für dieses eine Mal so gezeichnet, als befände sie sich in der Rückwand der Szenerie – es gibt keine Spur mehr von der sonst durch eine zusätzliche senkrechte Linie oder Schattenschraffuren angedeuteten Zimmerecke. Auch von der Balkendecke ist hier nichts zu sehen, so daß die Bühne sich zu weiten scheint. Allein die Begrenzung am unteren Rand bleibt bestehen, doch selbst sie ist in sorgloser Manier als sich leicht gabelnde Linie angelegt.

Sechstes Bild (52 auf 84 Millimeter)

Mit einem Schlag ändert sich die Bildanlage, denn nun tritt die Mutter zurück ins Zimmer. Dazu braucht Busch an alter Stelle die Tür, und sofort ist die Weite des vorherigen Bildes wieder einer drangvollen Enge gewichen, ob-

wohl die Tür nun auf wundersame Weise vom Trog abgerückt ist. Man muß sich die Mutter wohl als durch den Begleitlärm des Unglücks alarmiert denken, denn Busch markiert deutlich ihre Eile – mit einem weiten Schritt betritt sie den Raum – und ihre aufgelöste Gemütslage: Der Pantoffel des rechten Fußes rutscht ihr fast herab, und man sieht, wie sie förmlich in der Luft erstarrt ist angesichts des Anblicks, der sich ihr in der Stube bietet. Beide Arme sind verzweifelt nach vorn gestreckt, hängen aber auch in der Luft, denn außer der wehenden Rockschürze ist nichts von ihrer übrigen Gestalt zu sehen. Das eigentliche Spektakel spielt sich außerhalb unseres Blickfeldes ab; vom erschrockenen Gesicht der Mutter bekommen wir nichts zu sehen.

Dafür aber zeigt sich uns ihr Sohn jetzt in voller

Schönheit als Teigfigur, denn er steht plötzlich aufrecht im Trog, hat beide Arme ausgebreitet, von denen zähflüssige Teigbahnen herabhängen, und darf auf seine Haartolle stolz sein, die zwar gleichfalls ganz von der süßen Masse bedeckt ist, sich aber dennoch halbwegs aufrecht hält. Durch den geschickt skizzierten Verlauf zweier Teigtropfen am Kopf des Knaben bekommen wir das Gefühl, daß er uns frontal gegenübersteht, womit eine drastische Diskrepanz zum diebisch lächelnden Jungen des zweiten Bildes geschaffen wird. Seine jetzige Haltung gleicht wieder der des Eispeter, und in *Max und Moritz* sollte Busch diese Pose noch einmal wiederholen, wenn die beiden Unglücksraben ihrerseits aus dem Trog geklettert sind und teigtriefend vor dem Betrachter stehen: »Ganz vom Kuchenteig umhüllt / Stehn sie da als Jammerbild«, dichtete Wilhelm Busch, wie bereits zitiert, und man kann sich vorstellen, daß der entsprechende Vers im sechsten Bild unserer Geschichte ähnlich gelautet hätte, wenn sie denn publiziert worden wäre. In der nur zwei Bilder umfassenden Episode *Die Täuschung*, die 1859 in den *Fliegenden Blättern* erschien, bleibt das spezifische Elend von jemandem, der in einen Teigtrog gefallen ist, noch unbenannt: In dieser Kürzestbildergeschichte stürzt ein betrunkener Bauer in den nachts von seiner Frau angerührten Teig. Aber am Morgen ist er gerade einmal bis zu den Ärmeln verklebt. Busch nutzte bei den späteren Versionen die Erinnerung ans eigene Spiel mit der Mudde, mittels deren kleine Jungen sich komplett inkrustieren können.

Siebtes Bild (52 auf 85 Millimeter)

Hier hat ein neuer Protagonist seinen Auftritt: der Vater. Zumindest muß man annehmen, daß er es ist, denn wer sonst sollte in einem kleinen Haushalt als Mann zu Hilfe eilen, wenn die Frau so schreit, wie sie das auf diesem Bild tut: mit weit aufgerissenem Mund und nach oben verdrehtem Kopf? Oben am Kleid hat Busch ihr nun einen adretten Kragen hingezeichnet, von dem es zuvor keine Spur gab, und auch die attraktiv taillierte Figur ist neu (und wird im nächsten Bild schon wieder verloren

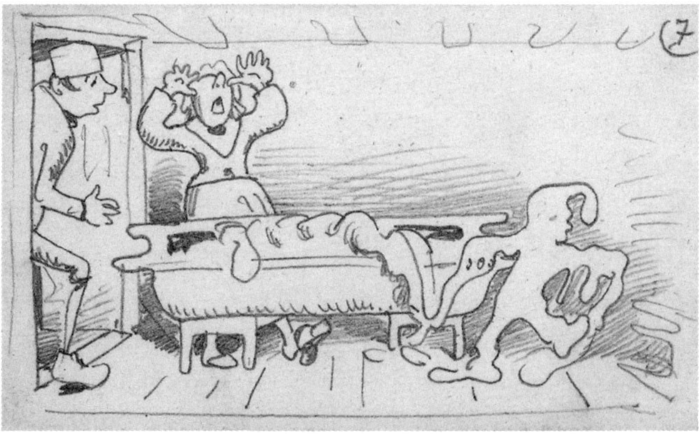

sein, wenn es um handfeste Arbeit geht und nicht mehr um die Inszenierung weiblicher Hilflosigkeit). Der Junge hat sich aus dem Trog befreien können und ist dabei, sich rechts aus dem Bild zu schleichen, eigentlich gibt es gar keinen Grund für die Panik der Mutter, wenn man ihr nicht Sorge um die saubere Stube unterstellt, die in der Tat von ihrem Sohn nun unter Teig gesetzt zu werden droht.

Also kommt der Mann ganz recht. Er ist so groß, daß er sich bücken muß, um durch die Tür zu kommen, und wie er in der Stube unter die niedrige Balkendecke passen soll, ist eine Frage, der Busch ausweicht: Das einzige Mal, als der Vater sich zu voller Größe reckt (im neunten Bild), hat der Zeichner ihn kurzerhand gegenüber den beiden vorherigen Bildern verkleinert.

Bemerkenswert sind seine dünnen Waden, die wie die Extremitäten einer Gliederpuppe wirken – ganz anders jedenfalls als die Beine von Mutter und Kind. An der sichtbaren rechten Hand des Mannes kann man neben dem Daumen nur drei Finger erkennen, wie übrigens auch bei der erhobenen Rechten der Mutter, während ihre Linke alle fünf Finger aufweist. Der Vater trägt eine wie einen Fez aussehende Hausmütze, ein, wie man später sehen wird, einreihig geknöpftes Wams über einer Kniebundhose und Lederschuhe. Sein Gesicht, das im Gegensatz zu den anderen beiden Figuren ausschließlich im Profil zu sehen sein wird, wirkt irritiert, und anders als die Mutter im sechsten Bild scheint er zu zögern, die Schwelle ins Zimmer endgültig zu überschreiten.

Achtes Bild (50 auf 83 Millimeter)

Die Eltern machen sich daran, ihren Sohn vom Teig zu befreien – und diesen für die Weiterverarbeitung zu retten. Dazu hat die Mutter den Jungen unter ihren linken Arm geklemmt, während der Vater unter Einsatz aller Kräfte am Kopf des Knaben zieht, damit der Teig vom Arm der Frau abgestreift wird und in den Trog fällt. Offensichtlich hat der Mann den Sohn dazu an den Haaren gepackt, und wenn man sich das bereits nicht mehr

verschmierte Gesicht des Jungen ansieht, kann man feststellen, daß er schreit. Die Mutter ist wieder in Rückenansicht gezeichnet; sie nimmt fast dieselbe Stellung ein wie auf dem ersten Bild, nur diesmal leicht nach links gebeugt. Im letzten Bild wird Wilhelm Busch sie dann wieder exakt so zeichnen wie zum Auftakt der Geschichte – sie führt ihre Arbeit stoisch weiter aus, als sei in der Zwischenzeit nichts passiert und als werde da nicht gerade ihr Sohn verprügelt.

Doch noch ist es nicht soweit. Vielmehr wird im achten Bild erst einmal der Teig zurückgewonnen, der am Knaben haftengeblieben ist. Die selbstverständliche Prämisse, daß die Mutter diesen Teil der Masse unbedenklich weiterverwenden wird, ist ein Beispiel für Buschs sardonischen Humor, der durchaus die Ekelschwelle seines Publikums auszutesten bereit ist. In *Max und Moritz* wird er dann einen konsequenteren Fortgang des Geschehens wählen, indem er die beiden Lausbuben vom Bäcker nicht befreien, sondern mitsamt dem sie umhüllenden Teig in den Ofen wandern läßt – auch keine schöne Vorstellung, die aber gerade durch ihren Aberwitz leichter verdaulich ist als die unbeeindruckte Fortsetzung des mütterlichen Teigknetens in der früheren Geschichte.

Neuntes Bild (53 auf 96 Millimeter)

Die breiteste Zeichnung der Geschichte führt einen neuen Handlungsort ein: die rechte Hälfte des Zimmers. Die Tür ist dementsprechend auf den beiden letzten Bildern verschwunden, statt dessen ergänzen ein Ofen und ein Schrank die Einrichtung. Vor dem Ofen steht zudem ein Badezuber, in dem der nackte Knabe sitzt und von seiner Mutter mittels eines wassertriefenden Besens gereinigt wird, den sie wie den Stößel eines Butterfasses gebraucht. Dank dieser dem Publikum des neunzehnten Jahrhunderts wohlvertrauten Haltung wird die Gewalt deutlich, mit der die Mutter das ungehorsame Kind malträtiert. Ihr Gesicht, das zwischen den Armen nur zum kleinsten Teil auszumachen ist, hat Busch außerdem noch dunkel gezeichnet, um es angestrengt wirken zu lassen. Der Sohn reibt sich mit

den Händen die Augen, und man darf diese Geste sicher auch als die Andeutung von Weinen interpretieren. Die früher so vorwitzige Haartolle fällt nun mit dem Rest der Frisur in nassen Strähnen übers Gesicht – es ist ein anderes Bild des Jammers, das hier gezeichnet wird.

Und es kommt noch schlimmer, denn schon greift der Vater mit der linken Hand nach der auf dem Schrank liegenden Rute, während die rechte, mit der alsbald die Strafe vollzogen wird, bereits die Krümmung des Griffs angenommen hat. Wie zur Bekräftigung dieser düsteren Ankündigung läßt Busch den Vater genau unter seiner rechten Hand einen bedrohlichen Schatten werfen. Überhaupt ist der Raum nun durch dünne Schraffuren tiefer verschattet als zuvor: Es geht dem Abend zu, denn Rettung und anschließende Säuberung des Sohnes haben Zeit gekostet. Den Übergang ins sonst übliche abendliche Idyll nach des Tages Mühen verdeutlichen die kleinen Accessoires, die Busch ins Bild integriert hat: Zwei kleine Krüge auf dem Ofen und eine Schachtel auf dem Schrank machen die Szene zum Genrestück, und wer die Zeichnungen und Gemälde kennt, die Wilhelm Busch vom Inneren seines Vaterhauses in Wiedensahl angefertigt hat, wird in der in den Skizzen zum *Kuchenteig* dokumentierten Liebe zum Detail einen Romantiker wiederfinden, dem am Kontrast zur Drastik des Geschehens allemal gelegen war.

Zehntes Bild (53 auf 95 Millimeter)

Der Schauplatz bleibt am Ofen, also rechts im Raum, doch das häusliche Idyll des ersten Bildes der Geschichte ist scheinbar wiederhergestellt. Die Mutter, die nun zusätzlich zu ihrer bisherigen Tracht noch ein Schultertuch trägt, knetet wieder Teig, weshalb der große aufgebockte Trog nun die Stelle des Badezubers eingenommen hat. Sogar der Stuhl ist wieder da. Unter der hier ein weiteres Mal nicht sichtbaren Balkendecke ist eine Leine gespannt, an der die ausgewaschenen Kleidungsstücke des Knaben hängen: Strümpfe, Hose, Hemd. Daß Busch sie erst in dieser und nicht schon in der vorherigen Zeichnung ins Bild eingefügt hat, zeugt von praktischer Überlegung: Wahrscheinlich sind die Textilien im selben Badezuber gereinigt worden, aber erst nach dem Kind. Sie hätten

also im neunten Bild noch gar nicht zum Trocknen aufgehängt sein können.

Der eigentliche Mittelpunkt der Schlußszene ist sowohl exzentrisch als auch nahezu unsichtbar, aber Wilhelm Busch hat ihm im wahrsten Sinne des Wortes Kontur verliehen, denn während sonst vor allem die Figuren durch jene bereits erwähnte in kräftigem Schwarz ausgeführte Umrandung ausgezeichnet sind, ist hier der Schrank auf diese Weise konturiert. Er verbirgt gnädig die Züchtigung des ungehorsamen Sohnes, die vom Vater mit der Rute vorgenommen wird. Von dieser Strafe ist nicht mehr zu sehen als die gerade zum Schlag ausholende Rechte (die damit die Reihe von erhobenen Armen im *Kuchenteig* fortsetzt) und das Ziel der Aktion: das von der linken Hand des Vaters festgekrallte entblößte Hinterteil des Jungen, das zusammen mit den verzweifelt strampelnden Beinen gleichfalls links hinter dem Schrank hervorragt. Zur zusätzlichen Betonung dieses Details hat Wilhelm Busch diesen Abschnitt des Bildes wieder mit den tiefsten Schatten hinterlegt, und durch kurze Schraffuren ist auch erstmals die rechte Seitenwand des Zimmers angedeutet, so daß der Eindruck verstärkt wird, daß es aus dieser dunklen Ecke für den Knaben kein Entrinnen gibt. Immerhin hat der Vater es im Gegensatz zu der sich schwer verausgabenden Mutter nicht für nötig befunden, für die Verabreichung der Prügel seine Ärmel aufzukrempeln.

Wilhelm Busch hat den *Kuchenteig* signiert – mit seinem Kürzel »W. B.«, das im letzten Bild unten rechts auf der Seitenwand des Schrankes zu sehen ist. Erstmals taucht diese Buchstabenkombination in der 1860 in den *Fliegenden Blättern* erschienenen vierundzwanzigteiligen Bildergeschichte *Naturgeschichtliches Alphabet* auf. Auch danach wurde sie gelegentlich noch verwendet, doch üblicherweise signierte der Zeichner in den Bildergeschichten der frühen sechziger Jahre mit vollem Nach- und abgekürztem Vornamen: »W. Busch«. So auch im letzten Bild von *Max und Moritz* oder von *Eginhard und Emma*, während die Schlußbilder der vier *Bilderpossen* sämtlich unbezeichnet blieben, weil den einzelnen Geschichten jeweils Titelblätter vorangestellt waren, die den Verfasser mit vollem Namen nannten. Daß es im Falle des *Kuchenteigs* beim schlichteren »W. B.« blieb, könnte man als Indiz dafür betrachten, daß die Geschichte in den Augen ihres Schöpfers keinen hohen Rang einnahm, doch ob sie auch bei einer Publikation in einem Sulzbacher Kalender in den Druckstöcken so bezeichnet worden wäre, muß Spekulation bleiben. In den Vorzeichnungen zu Bildergeschichten jener Jahre wie *Der Hahnenkampf* oder *Der hohle Zahn* finden sich mehrfach »W. B.«-Signaturen, die dann später auf den Druckstöcken nicht mehr verwendet wurden. Es handelt sich bei dieser Signatur also typischerweise um eine schnelle Kennzeichnung von Skizzen. Später sollte das knappe »W. B.« aber bisweilen sogar in den Schlußbildern bedeutender Geschichten erscheinen, so etwa in *Hans Huckebein*, der 1867 in der Zeitschrift *Über Land und Meer* erschien und dessen zweites und drittes Kapitel ebenjene abgekürzte Signatur tragen, während das erste noch mit »W. Busch« bezeichnet ist.

Buschs Einfluß auf die Sulzbacher Kalender

Als Wilhelm Busch seine Bildergeschichte *Der Kuchenteig* zum Abdruck in den Sulzbacher Kalendern einreichen ließ, waren solche humoristischen Illustrationszyklen dort noch relativ neu. Die erhaltenen Belegexemplare im Verlagsarchiv ermöglichen mangels vollständiger Überlieferung der einzelnen Serien zwar keine genaue Überprüfung der Genese dieser Gattung, doch erfreulicherweise haben sich zwei Vignettenbücher des Verlags erhalten: ein mit »Vignettenverzeichnis« betiteltes von 288 Seiten Umfang und ein noch wesentlich dickeres »Vignettenbuch« mit 569 Seiten, von denen jedoch lediglich 554 handschriftlich paginiert sind, als sei danach die Fortführung nicht mehr sorgfältig vorgenommen worden. In diese Blankoverzeichnisse im Folio-Format wurden von der zweiten Hälfte des neunzehnten Jahrhunderts an bis 1910 sämtliche in den Sulzbacher Kalendern enthaltenen Illustrationen eingeklebt – unabhängig von ihrer Größe. Dazu wurden einzelne Kalenderbücher zerschnitten und die darin zum Abdruck gelangten Holzstiche jeweils unter Nennung des Jahrgangs und meist auch der Quelle sowie der Kennzahl des zugehörigen Holzstocks eingeklebt, so daß mit den beiden Vignettenbüchern eine mutmaßlich vollständige Sammlung aller Abbildungen vorliegt. Sie gestattet Aussagen über die Illustrationsgenese in den Sulzbacher Kalendern auch in jenen Fällen, für die sich kein Belegexemplar im Verlagsarchiv erhalten hat.

Leider sind die beiden Verzeichnisse nicht streng chronologisch oder nach Kalenderserien sortiert geführt worden. Auch gibt es zwischen beiden Büchern Überschneidungen, so daß man vermuten darf, daß sie zu unterschiedlichen Zeitpunkten erstellt wurden und zumindest im Falle des weniger umfangreichen Exemplars nach Maßgabe des vorhandenen Buchbestands rückwärts komplettiert wurden, da hier die frühesten Beispiele von Kalenderbildern am Schluß des Buches stehen.

Da auf dem Dachboden des Sulzbacher Verlagsarchivs auch eine große Zahl zum Druck verwendeter Holzstöcke und Stahlstichplatten lagert, könnte zukünftig ein Abgleich mit den Vignettenbüchern durchgeführt werden, um darin etwa existierende Lücken zu identifizieren. Doch Stichproben haben im Vergleich mit den noch im Original vorhandenen Kalendern bislang keinen Anlaß für die Vermutung gegeben, daß die beiden Verzeichnisse nachlässig geführt worden sein könnten; sämtliche in den zufällig ausgewählten Publikationen enthaltenen Illustrationen waren auch in den Vignettenbüchern zu finden, auch wenn manche Abbildungen beim Einkleben nicht vollständig übernommen worden sind. Darüber hinaus wurde häufig der im jeweiligen Kalender bestehende Zusammenhang zwischen Illustration und zugehörigem Text durch Trennung beider Elemente oder Weglassen der schriftlichen Bestandteile der Geschichten zerstört. Das Studium der Verzeichnisse kann also die Überprüfung der Originalpublikationen nicht ersetzen.

Zu den Sulzbacher Kalendern zählten von Beginn an graphische Schmuckelemente, also kleine Illustrationen zu den einzelnen Rubriken wie dem eigentlichen Kalenderteil mit seinen Monatseinteilungen, Verzeichnissen astronomischer Daten oder Tabellen zur Zinsberechnung. Neben diesen dem praktischen Leben dienenden Teilen fanden aber auch Kuriosa Aufnahme, die Sensationslust und Wissensdurst des Publikums stillen sollten. Zu nennen sind etwa Übersichten zur Naturgeschichte oder »Noth- und Hilfstafeln für Ertrunkene, Erfrorene, Erhenkte nebst den Hilfsmitteln für todscheinende neugeborne Kinder«.[16] Und schon im ältesten bekannten Kalender des Verlags, der als *Volkskalender* im Jahr 1798 gedruckt wurde, findet sich eine ganzseitige Illustration auf dem Titelblatt: eine allegorische Figur als Kupferstichtafel. Solche drucktechnisch aufwendigen Bilder enthielten alle Serien. Der für insgesamt fünf Jahre (1804 bis 1808) nachgewiesene *Jugendkalender* zum Beispiel bot im Debüt-Jahrgang 1804 auf der Rückseite einen Kupferstich mit dem Titel »Die reinste Freude«, der eine neunköpfige Familie in der häuslichen Stube bei Kerzenschein zeigt. In dieser Kalenderserie kamen auch bereits Kurzgeschichten zum Abdruck, die sowohl unterhalten als auch belehren sollten. Aus dieser Tradition der Sulzbacher Kalender haben sich später die Bildergeschichten entwickelt.

Die frühesten Beispiele dafür finden sich nur im Vignettenbuch, und zwar in dem dickeren der beiden Exemplare. Dort sind auf einem vor Seite 219 eingelegten Blatt mehrere Totentanz-Bilder überliefert, die 1853 gedruckt wurden und deren Vorlagen und Begleittexte laut einer beigefügten Bemerkung der Kalenderredaktion (wohl der des seit 1841 erschienenen *Kalenders für katholische Christen*) von dem »hervorragenden jugendlichen Talent« eines gewissen Sebastian Muzl stammen, dessen gleichnamiger Vater Rektor und Professor in Eichstätt gewesen sei. Die Redaktion, so heißt es, wolle damit ihr Versprechen aus dem Jahr 1845 umsetzen, fortan Totentänze zu sammeln und zu präsentieren. Die Stiche der dazugehörigen Abbildungen sind mit dem Zusatz »Link sc.« signiert. Bei dieser Bilderserie wie auch den sonstigen Illustrationen im *Kalender für katholische Christen*, der zu jedem Monat etwa die Abbildung eines Heiligen abdruckte, stand das belehrende Moment im Vordergrund, während humoristische Stoffe erst vom Kalenderjahrgang 1863 an zur Darstellung kamen.

Das war zu einer Zeit, als sich die Xylographie, also der billigere Holzstich, weitgehend gegen den erheblich teureren Kupferstich durchgesetzt hatte. Im Vergleich zu der aufwendigen Gestaltung des Schlußkupfers im *Jugendkalender* von 1804 ist etwa der Holzstich des Januar-Monatsheiligen – Karls des Großen – im *Kalender für katholische Christen* des Jahres 1864 weitaus schlichter ausgefallen, ja fast plump zu nennen. Es gibt keine Chiaroscuro-Effekte mehr, und der Hintergrund wird durch eine einfache Linie, die einen Gebirgsverlauf andeutet, gebildet. Allein der unmittelbare Vordergrund, ein Felsplateau, auf dem der Kriegsherr Karl steht und sich selbst bei einer Meßfeier zusieht, ist so schraffiert, daß dieser Verweis auf die martialische Vergangenheit des Kaisers gegenüber dem restlichen Bild verdunkelt erscheint.

Je nach Thema allerdings kam weiterhin der Kupfer-

oder Stahlstich zur Anwendung. Im für unser Thema besonders wichtigen *Sechskreuzerkalender*, der offenbar seit 1864 erschien (in den Vignettenbüchern sind aus diesem Jahr die ersten Bilder überliefert, und das im Verlagsarchiv erhaltene Originalexemplar von 1873/74 ist als zehnter Jahrgang bezeichnet), findet sich 1865 eine achtteilige Bilderserie zum Thema »Licht und Schatten«, die wegen ihres subtilen Spiels mit Helligkeitseffekten die bestmögliche Reproduktionstechnik benötigte und auch erhielt. Die Kalenderredaktion war also weder gezwungen, stets die billigste Lösung zu wählen, noch scheute sie vor aufwendigen Illustrationen zurück, um das Publikum zu unterhalten.

Doch besonders die Zahl der humoristischen Bildergeschichten nahm zu. Im Jahr 1868 druckte etwa der seit 1806 publizierte *Haus- und Ehestandskalender* die neunteilige Bildergeschichte *Der betrogene Löwe*, eine Abenteuergeschichte um zwei Matrosen, die auf einen Landausflug einen großen Badezuber mitnehmen, von einem Löwen angegriffen werden, diesen aber im umgestülpten Zuber fangen und neutralisieren können, indem sie seinen durch das Spundloch herausragenden Schwanz verknoten. Diese burleske Geschichte wurde bereits zwei Jahre später im *Sechskreuzerkalender* nachgedruckt – ein Beleg für die Praxis des Verlags, die Vielzahl seiner jährlichen Serien dazu zu nutzen, ältere Bildelemente, für die man bereits bezahlt hatte (seinerzeit waren einmalige Pauschalhonorare für Zeichner und Stecher üblich), mehrfach zu verwenden. Das Wissen um diese Strategie mag ein Grund dafür gewesen sein, daß die Honorarforderung für den *Kuchenteig* so hoch ausgefallen war: Busch wird nicht so naiv gewesen sein anzunehmen, daß er bei Seidel für eine einmalige Auflage (was bei Kalendern mit ihrer beschränkten Verwendungszeit die Regel war) dieselben Ansprüche geltend machen konnte wie bei Kaspar Braun, der etwa die *Münchner Bilderbogen* bei Erfolg immer wieder nachdruckte; dafür war bei den Kalendern eben die Weiterverwertung in anderen Publikationen möglich.

Im Schlußbild des *Betrogenen Löwen* feiern die beiden jungen Männer im Hintergrund ihren Triumph über das Raubtier übrigens mit einer Jubelpose, die auf verblüffende Weise jener gleicht, die Max und Moritz in ihrem dritten Streich angesichts des ins Wasser gestürzten Schneiders Böck einnehmen. Buschs bekanntestes Werk war 1865 erschienen, hatte aber seinen Siegeszug erst 1868 mit der zweiten Auflage angetreten, so daß wir in der Bildergeschichte des ja früher produzierten *Hauskalenders* ebenjenes Jahres schon eine erste Wirkung von *Max und Moritz* auf andere humoristische Künstler vermuten dürfen. Wenn Busch im Verlagshaus J. E. von Seidel schon nicht selbst zum Zuge gekommen ist, so wurde sein Werk doch zu einer der wichtigsten Inspirationsquellen für die dort publizierten Holzstiche.

Das kann man auch an der Bildergeschichte *Katers Abenteuer* aus dem *Sechskreuzerkalender* von 1871 sehen, deren Erzählmuster vor allem auf *Katze und Maus* aus den *Bilderpossen* zurückgeht. An diesem Beispiel, das lediglich mit »Wilhelms« signiert ist, ist aber auch die im Vergleich zu Buschs Arbeiten ungleich geringere Sorgfalt bei der Produktion ersichtlich. Dagegen ist die von Robert Schönborn stammende Geschichte *Matrose, Insulaner und Schiffsarzt* sehr ansprechend gestaltet. Die 1872 im *Sechskreuzerkalender* publizierte elfteilige Bildfolge schildert in dramatischer Manier den Streit zwischen einem Seemann und einem Eingeborenen, bei dem beide ihre Köpfe einbüßen, die dann der Schiffsarzt verkehrt wieder annäht, so daß sie am Schluß mit dem Haupt des jeweils anderen einträchtig von dannen ziehen. Der Rückgriff auf Buschs mittlerweile deutschlandweit beliebten Stil im Ton und in der Bildgestaltung läßt die Geschichten trotz ihres abstrusen Inhalts graphisch überzeugend erscheinen.

Das Jahr 1868 ist in der Tat das Schlüsseljahr für Buschs Einfluß auf die Kalender-Bildergeschichten. Zuvor war vor allem die Drastik von Heinrich Hoffmanns *Struwwelpeter*-Buch stilprägend, so 1866 in der nur drei Bilder umfassenden Groteske *Der zerstreute Jäger*, die im

Sechskreuzerkalender abgedruckt wurde. Sie konfrontiert ein friedliches Häslein mit einem stolzen Jäger, der durch die Explosion seiner Flinte buchstäblich in alle Winde zerstreut wird, so daß der Hase auf dem letzten Bild in anthropomorpher Haltung seinen Triumph feiern kann. 1868 enthielt der gleiche Kalender bereits die nach einem Gedicht von Heinrich Heine gezeichnete Bildergeschichte *Die erste Cigarre*: Ganz in Buschscher Manier verspottet sie die Exzesse jugendlichen Wohllebens – wie es Busch selbst etwa 1862 im *Abenteuer in der Neujahrsnacht*, ein Jahr später in *Gestörte Freude* oder schließlich 1867 in *Der vergebliche Versuch* vorgemacht hatte.

Allerdings fehlt dem Protagonisten der *Ersten Cigarre* noch jede karikierende Überzeichnung. Die weist um so deutlicher die mit neun Zeichnungen illustrierte Erzählung *Merkwürdige Schicksale des Bruders Straubinger im Jahre 1848 (von ihm selbst erzählt)* aus dem *Bayerischen Bauernkalender* des Jahrgangs 1868 auf. Sie handelt in reaktionär gestimmtem Tonfall von der Schelmengeschichte eines von Frankreich inspirierten deutschen Revolutionärs (»In Paris im Februario, / Als König Ludwig Philipp floh, / hatt' ich's Schaffen dick, / Schrie: Vive la république! / Schnürte meinen Ranzen und ging nach Deutschland«). In der physiognomisch unbeholfen wirkenden Gestaltung der Hauptfigur, die vor allem durch einen überdimensionierten Kopf auffällt, ist die Bildergeschichte aber weit von Buschs elegant karikierendem, flüssigem Strich entfernt.

Dagegen enthalten zwei andere Kalender des Jahres 1868 wieder Figuren, die eindeutig an Busch geschult sind. Einmal ist dies ein Paar miteinander streitender Männer, deren in nur zwei Bildern erzählte Geschichte unter dem Titel *Deutsche Politik* im *Gemeinnützigen Haus-Kalender* erschien, und dann ist vor allem der *Sechskreuzerkalender* desselben Jahrgangs zu nennen, in dem sich die Einzelillustration eines knienden Schreibers findet, die mit *Der letzte Mops* überschrieben ist. Diese Figur bietet zwar abermals die für Busch untypische Vergrößerung des Kopfes, aber mit ihren dünnen, überlangen Gliedern und der ungeordneten langen Haartracht stellt sie auch eine deutliche Reminiszenz an die Bildergeschichte *Der Virtuos* dar, die am Silvestertag 1865 als Beilage zu den *Fliegenden Blättern* erschienen war und sich zu Buschs größtem Verkaufserfolg entwickelte, ehe das Bilderbuch *Max und Moritz* drei Jahre später seinen Siegeszug begann.

Der Gestus des verzweifelten Mannes im *Sechskreuzerkalender* ist ein Echo auf jene Expressivität, die Wilhelm Busch in die Bildergeschichtenwelt eingeführt und die ihren wichtigsten Adepten unter den Illustratoren der Sulzbacher Kalender in Max Scholz gefunden hat. Als dessen früheste Arbeit für J. E. von Seidel darf bislang eine 1882 im fünf Jahre zuvor begründeten *Volks-Kalender* veröffentlichte Bilderfolge gelten: die *Abenteuer des Kürschnermeisters Jeschke*. Diese später auch im *Kalender für den Bürger und Landmann* nachgedruckte Geschichte verweist schon im Titel auf den durch Wilhelm Busch mit Figuren wie Schneider Böck, Lehrer Lämpel oder dem namenlosen Bäckermeister populär gemachten Typus des berufstätigen Biedermannes.

Scholz entwickelte sich zu einem der eifrigsten Zulieferer der Sulzbacher Kalender und war über mehr als ein Vierteljahrhundert als Bildergeschichtenerzähler vor allem im *Haus-* und im *Volks-Kalender* aktiv, darunter auch mit typischen Buschiaden wie der im Jahrgang 1888 publizierten Bildfolge *Eine Schreckensnacht*, die von den Mißgeschicken zweier Zecher berichtet, die sich vor einer Militärpatrouille in einem Faß verstecken. Die Geschichten von Scholz wurden regelmäßig nachgedruckt, vor allem im *Kalender für die bayerischen Feuerwehren*, der 1872 erstmals erschien und 1891 auf Quartformat vergrößert wurde. Dadurch konnten zahlreiche Scholz-Geschichten zum zweiten Mal verwendet werden, darunter die erstmals bereits 1884 im *Volks-Kalender* publizierten *Gebläuten Diebe*, die noch einundzwanzig Jahre später ihren Weg in den *Feuerwehren-Kalender* fanden.

Andere in den verschiedenen Kalendern wiederkehrende Zeichner waren um die Jahrhundertwende die lediglich durch ihre Signaturen bekannten Franz Widmann, A. von Fischern und A. Stauber. Da ihre Arbeiten oft nur in den Vignettenbüchern greifbar sind, fehlen zu den meisten Holzstichabbildungen die zugehörigen Texte. So auch zu der 1873 im *Sechskreuzerkalender* erschienenen Bildergeschichte *Freuden und Leiden der Frösche*, die mit ihren vermenschlichten Amphibien auf eines von Wilhelm Buschs populärsten Frühwerken zurückgeht, das 1861 in den *Fliegenden Blättern* als *Der Frosch und die beiden Enten* veröffentlicht worden war. Darin ist der Frosch bis auf das Abschlußbild ein naturgetreues Abbild seiner Spezies, doch im letzten Holzstich erscheint er als Rekonvaleszent im Schlafanzug, mit Kopfverband und Tabakspfeife – und das zu der berühmten Zeile: »Drei Wochen war der Frosch so krank, / Jetzt raucht er wieder, Gott sei Dank!« Damit führte Busch erstmals in seinem Werk ein menschenartig agierendes Tier ein, einen Topos, wie er später etwa in *Schnurrdiburr* oder einer 1863 in den *Fliegenden Blättern* publizierten Illustration, die wiederum vermenschlichte Frösche zeigt, zu finden ist. Auch wenn Busch damit ein längst etabliertes Fabelmotiv nutzt, machte sein Umgang damit Schule, und so sind gerade die anonym überlieferten zwölf Zeichnungen zu *Freuden und Leiden der Frösche* seinem graphischen Duktus besonders nahe.

So hat Wilhelm Busch es doch noch vermocht, Einzug

in die Sulzbacher Kalender zu halten – wenn schon nicht mit seinem eigenen *Kuchenteig*, so doch in der Folgezeit durch seine Popularität als ein Bildergeschichtenerzähler, der zahllose Nachahmer im deutschen Sprachraum finden sollte und auch die Mitarbeiter des Verlagshauses J. E. von Seidel inspiriert hat. Mehrere Kalenderserien weisen Arbeiten auf, die mehr oder weniger deutliche Anleihen bei Buschs Werk gemacht haben. Auf diese Weise ist die Kalenderredaktion weitaus billiger davongekommen, als wenn sie Busch mit den verlangten fünfzig Gulden für den *Kuchenteig* entlohnt hätte. Und zu unserem heutigen Glück hat diese Ablehnung wohl dazu geführt, daß wir überhaupt noch die zehn Zeichnungen besitzen, denn hätte man das Angebot akzeptiert, wären die Skizzen zweifellos an Busch zurückgesandt worden, damit er sie als Vorlagen für die Zeichnungen auf den Holzstöcken hätte verwenden können – gewöhnlich zerstörte der Künstler danach die Papierzeichnungen, weil er sie nicht mehr brauchte.

Und vielleicht hätte ein Abdruck der Bildergeschichte in einem der Sulzbacher Kalender sogar die Kuchenteigepisode in *Max und Moritz* verhindert, denn das Finale in der Bäckerei beruht inhaltlich so stark auf der Grundidee des *Kuchenteigs*, daß ein Vertragsabschluß mit Seidel es Busch unmöglich gemacht hätte, dieses Motiv ein weiteres Mal umzusetzen. Doppeltes Glück muß man also am Ende konstatieren: einmal, daß man in Sulzbach in diesem Fall so wenig auf Originalität setzte, und dann, daß Busch sich nicht zu schade war, einen abgelehnten Einfall noch einmal zu verbessern und auszubauen. Dadurch gewährt uns die Bildergeschichte *Der Kuchenteig* heute einen Blick in das Laboratorium seines Schaffens.

Andreas Platthaus

1 Zit. nach Wilhelm Busch: *Die Bildergeschichten.* Historisch-kritische Gesamtausgabe. Bearbeitet von Hans Ries unter Mitwirkung von Ingrid Haberland. Zweite, überarbeitete Auflage. Band 1: Frühwerk. Hannover 2007, Spalte 374.

2 Erst im Jahr vor der Auffindung der *Kuchenteig*-Geschichte war bei einem Kölner Auktionshaus ein kleines Konvolut angeblicher Busch-Skizzen angeboten worden, das allerdings von den Experten des Hannoveraner Wilhelm-Busch-Museums rasch als Fälschung identifiziert werden konnte, worauf es aus der Versteigerung genommen wurde.

3 Die Beurteilung der Geschichte *Der Kuchenteig* durch Hans Ries ist nachzulesen in der Festschrift zur Ausstellung *In den Sternen steht geschrieben ... – Zum 250. Geburtstag des Sulzbacher Verlegers Johann Esaias von Seidel*, die vom 21. Juni bis 9. November 2008 im Stadtmuseum Sulzbach-Rosenberg gezeigt wurde. Außerdem wurde der Aufsatz von Ries inhaltlich unverändert, aber in der Anordnung der einzelnen Abschnitte umgestellt nachgedruckt im Jahrbuch *Satire – Mitteilung der Wilhelm-Busch-Gesellschaft e. V.* 71 (2009), S. 43-54. Die nachfolgende Darstellung verdankt diesen Vorarbeiten von Hans Ries viel.

4 Vgl. Armin Binder: »Der ›Sulzbacher Kalender‹. Die Kalenderproduktion im Verlag J. E. von Seidel«. In: *Johann Esaias von Seidel (1758-1827)*. Zum 250. Geburtstag eines bayerischen Verlegers. Sulzbach-Rosenberg 2008, S. 189.

5 Zit. nach Gudrun Schury: *Ich wollt, ich wär ein Eskimo*. Das Leben des Wilhelm Busch. Berlin 2007, S. 357 f.

6 Eduard Daelen: *Über Wilhelm Busch und seine Bedeutung*. Eine lustige Streitschrift. Düsseldorf 1886.

7 Zit. nach Schury (Anm. 5), S. 357 f.

8 Zit. nach Busch: *Bildergeschichten* (Anm. 1), Spalte 1459.

9 Zit. nach Schury (Anm. 5), S. 359.

10 Vgl. dazu Busch, *Bildergeschichten* (Anm. 1), Spalten 1205 f.

11 Zit. nach Eva Weissweiler: *Wilhelm Busch – Der lachende Pessimist*. Eine Biographie. Köln 2007, S. 120.

12 Hans Ries: »Wilhelm Busch und seine Bildergeschichte ›Der Kuchenteig‹«. In: *Johann Esaias von Seidel (1758-1827)*. Zum 250. Geburtstag eines bayerischen Verlegers. Sulzbach-Rosenberg 2008, S. 135.

13 Ebd., S. 130.

14 Vor oder im unmittelbaren Umfeld der vermuteten Entstehungszeit des *Kuchenteigs* kann man zahlrei-

che Rückansichten von Figuren gerade zum Auftakt von Bildergeschichten finden, zum Beispiel in Buschs bilderzählerischem Debüt *Der kleine Maler mit der großen Mappe*, in *Übertriebene Gefälligkeit* oder, dem *Kuchenteig* besonders ähnlich, im ersten Bild zu *Die Täuschung*, wo gleichfalls eine mit dem Rücken zum Betrachter stehende Bäuerin Teig knetet, außerdem in *Der Deserteur*, *Die wunderbare Bärenjagd*, *Der zu wachsame Hund*, *Eginhard und Emma*, *Katze und Maus* und besonders markant in *Krischan mit der Piepe*.

15 Aus: *Von mir über mich*, zit. nach Schury (Anm. 5), S. 351.

16 Enthalten im ältesten überlieferten Kalender des Verlags J. E. Seidel (die Verleihung des Adelstitels an die Familie erfolgte erst 1821), dem *Churfürstl. Pfalzbairisch privilegierten neuen Volkskalender für den Bürger und Landmann auf das Jahr 1799*. Siehe dazu Binder (Anm. 4), S. 189.

 Gesetzt in der Schrift Sabon. Gedruckt auf holzfreies, alterungsbeständiges Papier der Firma Cordier, Bad Dürkheim, vom Memminger MedienCentrum. Gebunden in Fadenheftung von der Buchbinderei Spinner, Ottersweier. Printed in Germany. Erste Auflage 2010. ISBN 978-3-458-19325-8

1 2 3 4 5 6 – 15 14 13 12 11 10

Die neuesten Bände der

INSEL-BÜCHEREI

Galsan Tschinag: Das Menschenwild. Eine Erzählung aus dem Altai. IB Nr. 1302

Ton und Krüge. Texte und Bilder. Auswahl und Nachwort von Monika Steinkopf. Mit farbigen Abbildungen. IB Nr. 1303

Grün – Farbe des Lebens. Auswahl und Nachwort von Gisela Linder. Mit farbigen Abbildungen. IB Nr. 1304

Ursula Voß: Der Katzenkönig der Kinder. Balthus und Rainer Maria Rilke. Mit farbigen Abbildungen. IB Nr. 1305

Osiris. Mit den Toten reden. Szenen aus dem Ägyptischen Totenbuch. Aus altägyptischen Texten zusammengestellt und übersetzt von Jan Assmann. Mit zahlreichen Abbildungen. IB Nr. 1306

Oleg Jurjew: Zwanzig Facetten der russischen Natur. Mit Abbildungen. IB Nr. 1307

Durs Grünbein: Lob des Taifuns. Reisetagebücher in Haikus. Mit Transkriptionen ins Japanische und einem Nachwort von Yuji Nawata. IB Nr. 1308

Michael Krüger: Reden und Einwürfe. Gedichte. IB Nr. 1309

Albert Ostermaier: Wer sehen will. Gedichte zu den Fotografien von Pietro Donzelli. Hg. von Renate Siebenhaar. IB Nr. 1310

Blumensterne. Texte und Bilder. Hg. und mit Fotografien von Martina Hochheimer. IB Nr. 1311

John Donne: »Erleuchte, Dame, unsere Finsternis«. Songs, Sonette, Elegien. Zweisprachige Ausgabe. Mit Übertragungen aus dem Englischen und einem Vorwort von Wolfgang Held. IB Nr. 1312

Arno Schmidt: Stürenburg-Geschichten. Acht Erzählungen. Hg. von Thomas Kluge. IB NR. 1313

Heinrich Hoffmann: Dukatenbilder. Hg. von Marion Herzog-Hoinkis und Rainer Hessenberg. Mit zahlreichen Abbildungen. IB Nr. 1314

Angela Krauß: Ich muß mein Herz üben. Gedichte. Mit Zeichnungen von Hanns Schimansky. IB Nr. 1315

Musaios: Hero und Leander. Aus dem Altgriechischen neu übersetzt und hg. von Marion Giebel. Mit zahlreichen Abbildungen. IB Nr. 1316

Maria-Therese Tietmeyer: Weiße Blumen. Bilder und Texte. Mit 24 farbigen Abbildungen. IB Nr. 1317

Hans Christian Andersen: Bilderbuch ohne Bilder. Hg. und aus dem Dänischen übersetzt von Ulrich Sonnenberg. IB Nr. 1319

Mitteilungen für Freunde. Heft 28

Paul Fleming: Ich habe satt gelebt. Gedichte. Herausgegeben und mit einem Nachwort von Thomas Rosenlöcher. IB Nr. 1320

Michel Mettler: Der Blick aus dem Bild. Von Gemaltem und Ungemaltem. Texte und Bilder. IB Nr 1321

Andrzej Stasiuk: Winter. Fünf Geschichten. Aus dem Polnischen von Olaf Kühl und Renate Schmidgall. IB Nr. 1322

Uwe Tellkamp: Reise zur blauen Stadt. IB Nr. 1323

Annette Seemann: Das Weimarer Residenzschloss. Mit zahlreichen Abbildungen. IB Nr. 1324

Friedrich-Karl Praetorius: Botschaften von einem anderen Stern. Mit sieben farbigen Illustrationen des Autors. IB Nr. 1326